十村记

精准扶贫路

主编——刘伟　副主编——纪红建

张庄之问

刘先琴　著

湖南教育出版社

十村记：精准扶贫路
丛书编委会

总　序
扶贫路上伟大的历史足迹

贫穷，在不少的时候，是中国社会的历史包袱。因为贫穷，中华民族经历了许多的磨难和屈辱。因此，与贫困的抗争，一直是中国社会无法回避的难题。中国共产党人的革命，也是伴随和追寻着要独立、反饥饿与求生存、谋幸福开始的。最近十年来，在当下的中国，一个伟大的扶贫行动，最终要实现全面脱贫目标的攻坚行动，在以习近平同志为核心的党中央的坚强领导下，在全国很多地方全面持续展开。这是中国历史上直面贫穷展开的伟大反贫困奋斗故事，也是人类历史上最大规模务实和精彩的减贫脱困故事。这套题为《十村记：精准扶贫路》的报告文学丛书所展现的多样丰富内容，就是这些精彩故事的真实动人呈现，是中国乡村社会历史巨变的真实记录，非常具有现实和历史的意义。

在全国各地展开的扶贫故事，其丰富的表现情景各不相同，色彩斑斓。《十村记：精准扶贫路》创意性地选择习近平总书记多年来调查研究，并针对实际情况提出科学合理扶贫论述的十个村子为对象，邀请作家分别深入采访，真实形象描绘其各具个性的脱贫情形，还原经验教训，很好地呈现出中国扶贫脱困的艰巨多样和令人振奋的场景，十分具有解析再现和总结作用。习近平总书记说："40多年来，我先后在中国县、市、省、中央工作，扶贫始终是我工作的一个重要内容，我花的精力最多。"种子在厚土中发芽生长，情怀在内心滋生延伸。青年时在陕北梁家河的基层农村生活经历，是习近平认识感受贫穷压力的开始，也是他立志扶贫改变人们贫困生活处境愿望的发端。这种情系苍生、悲悯贫弱的心怀，体现出一种崇高纯粹的精神和宽广益世的情怀。正因为如此，才有习近平40多年间的许多扶贫故事，才有党的十八大之后，全面展开的扶贫攻坚、精准扶贫的火热奋斗场景。《十村记：精准扶贫路》，用分散在全国各地的十个贫困村中真实鲜活的人物、乡村命运改变的故事，让我们深入具体地看到了总书记持续不断、真诚投入、现场指导、灵活施策、科学决断的行动；在很多扶贫干部无私、智慧地开拓中，贫穷地方不断减除贫困的过程中，感受到党员干部情系人民福祉的情怀，落实"人民对美好生活的向往，就是我们的奋斗目标"的自觉行动。这些真实形象的记述，为中国历史，留下了深刻立体的脱贫印记。

存在于各地的贫困情景，各有其原因，但大多都因为山高沟深、偏远封闭、环境恶劣、交通不畅、教育落后、观念陈旧等。像福建宁德的赤溪村，村民雷程祖就感叹说，他们是"穷在山上，穷在路上，穷在娶不上媳妇上"。这个挂在半山腰的村子，曾经穷得婆媳共衣裤遮体，全家没有一只像样的碗，人畜同茅屋，过着像原始部落般的日子。山西岢岚赵家洼的村民，过去因为穷困，常年蜷缩在碎砖烂瓦垒砌的破房子内，吃不饱穿不暖，很多人成了“刮野鬼”，到处游荡。在河南兰考的张庄，历来“风沙、内涝、盐碱”三害严重，一年三灾，三年大旱，四年大涝，麦尽干枯，秋禾无望，四野一空的情形多年难变。陕西耀州照金的人们，虽在革命老区，可多年贫困，生活艰辛，房屋破旧，人们时常担心雨天房屋漏雨。在河北阜平骆驼湾村，因为土地贫瘠零散，耕种不易，加之山路难行，贫困成了最经常的表现。在安徽金寨的大湾村，饥饿是最深的记忆。在贵州遵义的花茂村，过去人们“生一次病，要半条命。没有钱望（看）啊”。在四川大凉山的三河村，在湖南湘西花垣的十八洞村，在江西井冈山的神山村，虽然都有美丽的风景，可是因为出门的路啊，阻且长，变成了美丽之困，人们多年来只能用双脚丈量风雨苦难……这些密切联系着人们生老病死的日常生活贫困情景，述说着一家家、一个个人伴随贫穷困苦生活的经历和命运表现，说起来都令人哀伤和感叹！这种锥心刺骨的民瘼，是以“人民至上，生命至上”为治国理政理念的党和政府最为牵挂的重要内容。也正是党的十八大以来，从中央到地方，坚决努力扶贫攻坚，实现脱贫补短板，为全面建成小康社会而奋斗的根本所在。

多年以来，在中国当下的扶贫解困道路上和故事中，习近平同志无论是在地方还是在中央，是作为地方干部还是作为党和国家领袖，都担当着重要的设计和“导演”的角色，使这样伟大而艰巨的工程持续推进并获取辉煌的成果。各处的贫穷困境，是多种原因造成的，绝非喊口号、说大话等可以改变的。在中国扶贫脱困的长期过程中，40 多年来，习近平同志不辞劳苦，深入很多偏远偏僻山村，身体力行，持续关心，实地考察调研，用许多的行走和实践书写了“习近平的扶贫故事”。习近平同志曾说：“我去了中国很多贫困地区，看望了很多贫困家庭，他们渴望幸福生活的眼神和不怕苦不怕累的奋斗精神，深深印在我的脑海里。”在一份介绍赤溪村扶贫的文件上，他强调脱贫攻坚要“艰苦奋斗，顽强拼搏，滴水穿石，久久为功”；在大湾村，他指出，打好扶贫攻坚战，要采取稳定脱贫措施，建立长效扶贫机制，把扶贫工作锲而不舍抓下去；在十八洞村，他提出，我们在抓扶贫的时候，切忌喊大口号，也不要定那些好高骛远的目标，扶贫攻坚，就是要实事求是，因地制宜，分类指导，精准扶贫；在花茂村，他勉励大家，心往一处想，劲往一处使，汗往一处流，共同把乡亲们的事情办好。在这些贫困村子里，习近平同志像一个农民的朋友、邻居、亲戚，也像一个知兵懂战的统帅，与村民、干部促膝话桑麻，共谋脱贫计。他提出了许多务实具体的意见，筹划了很多事关全局的扶贫策略。正是这些具体建议和全局策略，为各地的扶贫干部和村民指出了行动的方向和道路，使扶贫工作扎实开展推进。《十村记：精准扶贫路》所记述的大量扶贫故事，都是总书记扶贫目标愿望的真实写照，都是精准扶贫故事的美丽演绎，令人感受深刻，心生敬意！

优秀的文学创作，一定是有价值的书写，是对社会生活发展和人们命运改变的热情关注。《十村记：精准扶贫路》这部通过现场采访，分别描绘各地不同扶贫脱贫真实情景的报告文学丛书，是对中国历史空前的反贫困行动的自觉融入和靠近，表现了作家有益的现实文学追求精神，是实现文学“经世致用”，追求历史书写的很好成果。这十部作品题材现实，格调温情，风格质朴，语言平实，作家分别用线性串联的，或是故事组团式，或是历史人物命运变迁等网络交叉结构叙述，在各地贫困乡村人们生活环境和自身命运的变化过程中，真实地表现了历史的重大跨越，讲述了中国当代的精彩脱贫故事，是一种非常有价值的中国乡村历史文学记述。

《十村记：精准扶贫路》的诸位作者，深入扶贫一线，与村民和扶贫干部倾心交谈，在扶贫项目点上直接观察，分别具体形象地描述了各地人民修路、通水、通电、开展林果种植、畜牧水产养殖、利用自然环境和社会资源开展旅游、搬迁新村等努力摆脱贫困的行动过程，其间充满繁复曲折、艰辛奇趣、汗水欢乐，内容非常丰富而动人。看到作品中许多村民告别贫困和艰辛命运后浮现到脸上的笑容，讲述新生活时开心的话语，令人非常欣慰。这一切的到来，依赖于领袖的决策引导，也与当地扶贫干部和村民的不懈奋斗密不可分。作品在客观真实地叙述了这些村子致贫原因和经过艰难努力脱贫情形的同时，对很多扶贫干部的忘我开拓的精神，村民摆脱贫困的渴望、配合投入的行动给予细致描绘，使很多的矛盾纠纷和解决处理过程成为有趣的真实文学故事，具有生动形象的戏剧性感染力量。在不少地方，作家的观察思考，如对于兜底脱贫、对于有些村民搬迁之后如何发展生产与就业等问题的思考，也有益于作品内容的丰盈，令人印象深刻。

《十村记：精准扶贫路》的策划、创作、出版过程，富有个性，是以小见大，以局部侧映全局，以真实生动的精准扶贫故事表现领袖的扶贫情怀、国家的扶贫行动和伟大成果的精心出版活动，创意、实施、结果、影响等，都十分值得点赞。

是为序！

中国报告文学学会常务副会长　李炳银

2020 年 6 月于北京

编者序

于波澜壮阔之中，书感人肺腑之事

2017 年 8 月，北京天气很热。一个清秀的小伙子来找我，说是经朋友介绍，请我出面组织编撰一套书。他，就是湖南教育出版社的编辑杨宁。

杨宁拿出一份选题策划方案，是有关丛书出版的初步构想。丛书初拟书名是“足迹——精准扶贫路”，准备写习近平总书记以扶贫为主题视察过的一批乡村，希望沿着习近平总书记的扶贫足迹，以点带面地展示中国的扶贫成果。

我看了以后，感觉这是个很好的图书选题策划。全面小康、精准扶贫是近些年来非常重要的工作。2012 年 11 月召开的党的十八大，提出了确保到 2020 年实现全面建成小康社会宏伟目标；2013 年 11 月 3 日，习近平总书记在湖南湘西十八洞村首次提出“精准扶贫”的重要论述。经过几年的努力，扶贫工作已经取得了一定的成效，我们离全面建成小康社会的目标更近了。这个时间节点，策划这么一套书，政治敏锐性强，市场定位高，出版时机好。

我欣然接受邀请，答应担任这套丛书的主编。

不过，我提出，以“足迹”方式，略显直白，书名还得有文气，接地气。在后来与杨宁的交流中，我建议以纪实的方式撰写，报告文学更好，便于作者基于真实素材而发挥。在习近平总书记视察过的贫困村中选择十个扶贫难度有代表性的、扶贫成果显著的、在全国有示范效应的村子来写：湖南十八洞村、江西神山村、陕西照金村、福建赤溪村、河北骆驼湾村、安徽大湾村、河南张庄村、贵州花茂村、山西赵家洼村、四川三河村。丛书书名改为《十村记：精准扶贫路》，出版社领导和杨宁也接受了。

2018 年 8 月，湖南教育出版社启动丛书编写会议。我和大部分作者赶到长沙，在湖南教育出版社副社长黄永华主持下，我们就丛书的定位、体例、框架、写作风格等进行了讨论。出版社党委书记、社长黄步高提出，要选取精准扶贫成功的典型故事，内容要有可读性，体现专业性。会议确定了基本撰写方案。当时获知，丛书已列入国家“十三五”重点出版规划项目。

2019 年 4 月，我们邀请了众多业内专家在北京举行了初稿评议会。来自中国出版协会、全国扶贫宣传教育中心、中国当代文学研究会、中国报告文学学会、中国图书评论学会及《文艺报》《中华读书报》《中国扶贫》《闽东日报》等单位的专家与会。这些报告文学、扶贫宣传等领域的专家就丛书初稿认真地给予了评价，既有肯定，也指出不足，甚至就一些比较肤浅的文字表达，进行了尖锐的批评，同时提出了十分中肯的修改意见。

会后，杨宁整理了专家意见，发给了我和各位作者。不少作者根据需要又深入村里进行了补充采访，然后对书稿进行较大规模的修改和完善，切实提高了丛书的整体质量。

丛书作者多是请光明日报社驻地记者站推荐，有的是我推荐。作者要有相当的写作能力，尤其是要有深入采访及驾驭纪实类作品写作的能力。

比如，《十村记：精准扶贫路——张庄之问》的作者刘先琴，是光明日报社资深记者，之前还担任过《中国青年报》记者，采访调研能力极强，善于抓大题材。她也是知名作家，身兼河南省作协副主席，除了新闻报道，还出版过十几本散文和报告文学集，她的《玉米人》获第十三届精神文明建设“五个一工程”奖，《今生有缘》获首届杜甫文学奖。《十村记：精准扶贫路——赵家洼的消失与重生》的作者是《山西文学》主编、山西省作协副主席鲁顺民。他当过中学语文老师，后来成为职业文学编辑和作家，出版过散文、报告文学集，获得过赵树理文学奖。《十村记：精准扶贫路——赤溪清水流》的撰稿人胡银芳，是很特别的作者，出版过报告文学、长篇小说等。当然，除了北京广播电台高级记者、作家的身份，她也是福建省宁德福鼎市贯岭村的媳妇，她的婆家与同在福鼎的“中国扶贫第一村”赤溪村相距不远。宁德曾是全国十八个集中连片贫困地区之一，习近平同志曾在此担任过地委书记。在宁德工作时，习近平同志提出过“人穷志不穷”“滴水穿石”，写下了《弱鸟如何先飞——闽东九县调查随感》。胡银芳在《十村记：精准扶贫路——赤溪清水流》一书的第一章就写到她这个北京女性“回婆家”的感触。“在后来的三十多年里，无论是采访还是旅行，无论是国内还是国外，我总把宁德的贫困山区和我所到的任何一个乡村作比较。但是，这种比较通常的结论都是——宁德，美丽而贫穷。”正因为她有在闽东生活的经历和感受，所以对赤溪村的描写十分细腻，情感流于字里行间，读来分外感人。

《十村记：精准扶贫路》十本书的作者，都多次到所写的村落采访、调研，深深地感受到这些贫困地区自然条件之差、交通之落后、风俗之难移……十个村落的扶贫经历，折射了中国艰难曲折的扶贫脱贫奔小康的历程。十个村的故事和人物，看似平平淡淡，实则是人物鲜活生动，故事感人肺腑，历程波澜壮阔，在中国扶贫攻坚、实现全面建成小康社会的历史中，留下了十分可贵的、真实的记录。

十本书的作者，个个都有深刻的社会观察能力，都有较强的写作能力，且都有专著出版，我就不在此一一介绍。

这些作者所写到的村落史、人物志，以及他们采访撰写的认真精神，无不令我感动。还有编委会的专家：湖南省扶贫办副主任赵成新、湖南教育出版社总编辑刘新民及丛书的副主编——知名作家纪红建等都在编写过程中做了许多工作。在这里，我要向作者、专家和湖南教育出版社领导、责任编辑杨宁及其他编辑表示真诚的感谢。

《十村记：精准扶贫路》即将付印之际，欣闻丛书入选中宣部2020年重点主题出版物，这是对我们工作的初步肯定。希望通过我们的讲述，能让更多人看到扶贫攻坚中的感人故事。

光明日报社原副总编辑　刘伟

2020年6月于北京

目　录

引言

黄河从河南兰考县西北处奔腾而过，在东坝头乡由南向北急转为东西流向，这里是九曲黄河十八弯的最后一道弯。张庄村，就是这黄河最后一道弯上一座普通而又特别的村庄。

跨越两个世纪，共产党人在这里治理山河、扶贫攻坚的实践成果在共和国告别饥饿与贫困的历史上写下了浓墨重彩的一笔。

20 世纪 60 年代，县委书记的榜样焦裕禄，在张庄这片土地上查风口治理风沙，深入基层，问计于民，从群众实践中，首先找到了治理风沙的办法，并在此召开现场会，向全县推广，张庄成了兰考县治理“三害”的一线指挥部与县委书记的联系点，人们最终打赢了治理“三害”的攻坚战，结束了兰考 36 万百姓逃荒要饭的历史。这里也留下了穆青、冯健、周原的长篇通讯《县委书记的榜样——焦裕禄》《人民呼唤焦裕禄》。焦裕禄这个人，已经成为一个时代的民族记忆；焦裕禄精神，也成为中华民族艰苦奋斗、自强自立、坚忍不拔的精神符号。

“百姓谁不爱好官？把泪焦桐成雨。”焦裕禄精神穿越时空，引起了在福建任职的习近平的共鸣，1990 年 7 月 15 日，时任中共福州市委书记的习近平夜读《人民呼唤焦裕禄》一文，写下了《念奴娇·追思焦裕禄》的诗词，深深表达了他对焦裕禄的崇敬之情和他自己爱民为民、责任担当的坚定情怀。

2014年3月17日，习近平重访兰考。在第二批党的群众路线教育实践活动中，习近平总书记将兰考作为联系点，一年之内，两次赴兰考指导工作。

在同当地党员干部座谈时，习近平回忆了向焦裕禄学习的心路历程。他说，学习焦裕禄精神时我上初中，当时政治课老师读报，读着读着便哽咽了，听着听着我们也流泪了。焦裕禄精神影响了一代人。很多东西存在的时间是短暂的，但就是这短暂的一刻化为了永恒。

同时，总书记也要兰考的干部深入思考这样一个问题：焦裕禄同志给我们留下了那么多，我们能为后人留下些什么？

面对总书记之问，兰考的干部群众提出了著名的“兰考之问”：守着焦裕禄精神50年了，为什么兰考的贫穷落后仍没有根本改观？

正当兰考县为解答“兰考之问”、摆脱贫困而努力时，张庄，这个国家新一轮扶贫开发重点村，面对总书记的殷殷嘱托，对标“兰考之问”，发出了自己的“张庄之问”。

2014年的3月17日，是张庄村史上一个不同寻常的日子，也是整部张庄发展变奏曲中的一个高潮部分。

这一天，下午4点10分许，习近平总书记来到了张庄，为这个村子带来了希望，带来了动力，带来了新生。总书记走家串户，访贫问苦，看望老乡，与村干部和乡亲们促膝座谈，鼓励大家往前奔，早日脱贫奔小康。

张庄人备受鼓舞，向总书记庄严承诺“三年脱贫，五年奔小康”！

2015年9月22日，中华人民共和国主席习近平在华盛顿州当地政府和美国友好团体联合欢迎宴会上的演讲中指出：

“我们用了30多年时间，使中国经济总量跃居世界第二，13亿多人摆脱了物质短缺，总体达到小康水平，享有前所未有的尊严和权利。这不仅是中国人民生活的巨大变化，也是人类文明的巨大进步，更是中国对世界和平与发展事业的重要贡献。”

人类共同的情感使中国的扶贫实践、中国扶贫故事，在世界范围内引起了广泛共鸣。中国在解决贫困问题上付出的艰辛努力和取得的突出成就得到了世界的赞许和回应。

印度善政基金会主席、印度中央调查局前局长戴瓦拉亚普拉姆·拉马萨米·卡尔蒂克扬称“中国可能会成为第一个在2020年前实现联合国消除贫困的千年发展目标的国家”。

2018年9月18日，中国人权研究会组织了“2018·北京人权论坛”，论坛的主题是“消除贫困：共建一个没有贫困、共同发展的人类命运共同体”。来自世界各地的200多名代表从中国代表的讨论和演讲中，了解到中国政府是如何解决数百万生活在农村和偏远地区的人口所面临的赤贫问题的，中国政府改造广大农村地区的坚定信心和政策支持给现场各国代表留下了深刻印象。

为了让人民过上美好生活，逐步实现共同富裕，中国共产党提出了“两个一百年”奋斗目标，当代中国共产党人作出的庄严承诺、付出的切实行动，令世界惊叹。在这个历程中，采取的多种方法，包括打造示范村、重新安置贫困家庭、为贫困家庭提供创收培训，以及健全医疗保险、助学和提供社会补贴、动员各级党组织参与扶贫等，在张庄都有着实践与效果。

贫困是一个世界性难题，减少贫困乃至消灭贫困始终是世界各国面临的重大主题之一。环顾世界，仍有7亿左右人口忍饥挨饿，超过一亿多人亟须人道援助。

在美国华盛顿州的那场演讲中，习近平深情地说："这两年，我去了中国很多贫困地区，看望了很多贫困家庭，他们渴望幸福生活的眼神深深印在我的脑海里。"

我们感慨中国扑面而来的变化，更感慨最高领导层对扶贫攻坚的坚定态度。那么，以一个村庄的变迁，来解读这种变化背后的逻辑，用解剖麻雀的方法，综合我们的观察，也许它的轮廓将变得更清晰、更生动。

从"张庄之问"到"张庄之变"，张庄人用实践回答了"我们能为后人留下些什么"这一重大的中国名题，张庄在扶贫攻坚方面所付出的行动和努力，为中国的广大农村，乃至更多的贫困地区、贫困群体的脱贫提供了可以借鉴的经验和价值。

张庄这个小村庄的变化，是中国向贫困宣战的一个缩影，这是中国广袤大地上每天都在发生的与贫困斗争的故事。《中国日报》有篇报道说，中国用 40 年的时间使 7 亿人摆脱了贫困，相当于平均每年近 1700 万人的脱贫速度，再精确统计一下，即每月 140 万人，也就是每天 46000 人，折合每小时 1900 人。

因而我们说，中国的伟大实践，是同一个星球上人类的实践，是东方大国一位领袖与人民一起绘制的，悬挂在天地之间的蓝图。

屹立于东方的中华民族，最精粹的文化表达总是与诗词相伴，因此，我们用这位领袖饱含深情的词作《念奴娇·追思焦裕禄》作为本书的目录，讲述支撑那些脱贫文献和数字的鲜活人群的故事。祈愿这本书里的文字，让读者也能与活生生的人群对话，能够触摸到他们的心灵，倾听他们与贫困搏斗获得幸福的声音。

上 部

此水此山此地 >>

张庄不是梦

作为中国行政区划最基本的单元，紧挨着黄河的豫东小村张庄可谓是个明星村。它在兰考境内，这个县名连同 20 世纪就家喻户晓的一位县委书记的名字——焦裕禄，永远刻在了中国人的心里。21 世纪初，党的总书记习近平把深情的目光投向了这里，一种精神、一种召唤使这里让人有着更多的期待和想象。然而当你踏上这片土地，依然会惊叹。

那是一个七月天，新雨初收，掩去了暑热。村里村外，近田远树，所见一片葱茏。举目平畴，田间地头时时见到的泡桐如伞如盖，蓊蓊郁郁，成片的庄稼在雨后初升的阳光下叠绿滴翠，愈发的生机盎然。村子边、田野里，一座座现代化温室大棚在日光下泛着耀眼的银光，那是云瓜园吴国军的哈密瓜、甜瓜种植基地，80 个标准化大棚就地安排农民就业 40 多人。新修的乡间柏油路宽阔、平坦，比城市的道路还要干净整洁，村里配备专人每天负责打扫清理。道旁的绿化带，花木扶疏，美得不像话，猩红的美人蕉、大朵的鸡冠花、粉色的长春花，争奇斗艳，亮丽抢眼，不时见到护工、园丁忙碌的身影穿梭其间。

通往东坝头和兰考县城的主干道穿过村子，相隔不远就有一个公交站，砖木青瓦的候车亭与农家建筑风格统一，完美融于乡村，顿生亲切感和怀旧感。沿街的银行、超市、警务室等公共服务设施齐全，路边是新装上的太阳能路灯，到了夜晚，往日黑灯瞎火的村庄变得灯火通明。远处巨大的风力发电机组既是一道旅游风景，也提供了环保的能源，随行的村委会副主任李红建说，一个机组叶片转一圈能发 36 度电。公共场所和村户中多年的旱厕，都进行了改造，再不会让来此旅游的城里人为上厕所而难为情了。

绿杨深处，掩映着白墙红瓦、错落有致的农家小楼和一处处仿古风格的院落。临路边不时见到有施工人员在翻修房屋。李红建告诉我，村里发展乡村旅游业，多数乡亲对原先的院落、房舍进行了改建，有的是新建，村里从郑州请来专业设计团队，突出乡村特色和传统文化，“因户制宜”，个性化设计，形态各异的农家小院古色古香，砖瓦结构、木材结构的廊檐、门窗，风格别致，院里种上花木，扎上短篱，淳朴的民风民情吸引了无数游客来此观赏、住宿，不少农户已经尝到了甜头，原先还需要村里号召，后来大家积极性都高了，不用吆喝，都自发地纷纷行动起来。

民宿产业　（本书图片均由田遂霖摄）

昔日的大沙丘“下马台”附近，建成了设施齐全的托养中心，老人们或坐或卧，三三两两，在绿荫环绕的亭子里聊天乘凉。三家村沙丘已被推平了，取而代之的是一个从洛阳引进来的“新三板”企业——奥吉特菌业，此项目科技含量高，产值在2亿元左右。村妇联主任说，这里也是县里的一处“巧媳妇”工程就业基地，90间库房全部建成，可安置640人就业，目前已安置280多个工人，80%是农村留守妇女。

习总书记看望的张景芝老人，享受着天伦之乐，她的孙子闫春光，抓住机遇，办起养鸡场，还开起了体验式的“春光油坊”，成为远近闻名的“网红”和村里的“致富带头人”，全家已于2016年脱贫，在脱贫基础上对奔小康信心满满。两年来，80多户村民从银行贷款400多万元，养殖业发展势头喜人。

在这个村，几乎家家户户都悬挂着习总书记的画像，在农民朴素的情感里，总书记无疑是他们的大恩人。村民张慈海用一首自己创作的诗，形象地描绘了张庄村发生的变化："吃饭不用愁，家家有洋楼；楼房高马路宽，清洁卫生有人管；银行有存款，兜里不缺零花钱；年年换新衣，顿顿都吃可口饭。"

"总书记嘱托我们'从实际出发，因地制宜，把种什么、养什么、从哪里增收想明白'，在谋发展这一块儿，张庄干部群众想了很多办法，决心用当年除'三害'的劲头再度谱写致富新篇章，让焦裕禄精神在新时代大放异彩。"村党支部书记申学风告诉我。

河南省委办公厅的一份调查报告显示：2014 年以来，张庄村干部群众积极想办法、找出路，先后引进洛阳奥吉特菌业、兰考坤禾农业等企业，不断培育壮大特色产业体系，带动农户就近就业增收。为了使年龄偏大的妇女有事做、有收入，村里大力发掘本地传统手工艺，成立张庄布鞋研发中心，纯手工制作张庄布鞋，吸纳 112 名妇女就业。在这里，工作时间自由，布鞋能带回家做，每双布鞋收入 180 元，让她们实现了看得住家、守得住娃、照顾了妈，还能挣钱养家。同时村里还引导村民成立了种植、养殖合作社，发展莲藕种植 100 亩、南美对虾养殖 300 亩。通过打造优良的投资环境，将"走出去、引进来"相结合，一批优秀企业落户张庄。引进"新三板"企业奥吉特菌业带动就业 120 多人。张庄村通过大力发展特色产业，实现了 1100 多名村民就业，300 多名外出打工人员返乡就业创业。

手工布鞋加工坊就地安置留守妇女就业

更让人惊叹的是，村里文化生活是如此的丰富多彩。健身房、溜冰场、文体中心、球类等各种项目门类齐全，文化广场灯火通明，时时传来优美的歌声，从二三十岁的年轻妇女到六七十岁的老奶奶，都跳起了广场舞，扭起了秧歌。“梦里张庄艺术团”排的现代豫剧更是被十里八村的百姓喜爱，艺术团的现代戏《焦裕禄》还赢得了中宣部部长的点赞。

张庄村从一个灾难频仍、深度贫困的村庄成功脱贫摘帽，经历了一个艰难的涅槃历程。透过这份沉甸甸的成绩单，我们发现了张庄的价值，这个价值的重新发现是需要历史机遇的，张庄的现在和未来也需要放在一个大的历史背景下来认识和评估，这个背景就是中国共产党“两个一百年”奋斗目标的出台，就是习近平总书记提出的“实事求是、因地制宜、分类指导、精准扶贫”方略的出台。

张庄村有一条幸福路，是总书记到张庄考察时走过的路。路的北头有一块牌子，上面用隶书锲刻着“幸福路”三个红色大字。2014 年 3 月 17 日下午，习近平总书记在这里考察时，叮嘱当地干部要切实关心农村每个家庭，特别是贫困家庭，通过因地制宜发展产业，促进农民增收致富。备受鼓舞的张庄人苦干实干，于 2017 年顺利脱贫，走上康庄大道。脱贫当年，张庄村把村里的主干道取名为幸福路，同时引导村民重新设计翻修路两旁的旧宅老院，做成门面对外出租。

在张庄村支部，有一面心形的笑脸墙，一张张图片上是村民脱贫后洋溢着幸福的笑容。我相信，每一张笑脸都是一个故事。无论是还未脱贫的农户还是已经接近小康的专业户，无论是耄耋老人还是朝气蓬勃的年轻人，从张庄人的脸上，我读到了实实在在的自豪感、幸福感，他们发自内心的笑容，为张庄的变迁写下了鲜活的注脚。与他们凝视，会看到岁月深处的悲喜交集；与之交谈，会听到黄河波涛的呼吸。

东昏地

“九曲黄河万里沙，浪淘风簸自天涯。”黄河，古往今来，无数诗人为她放声歌唱。刘禹锡这首《浪淘沙》开篇极写黄河的源远流长、大浪淘沙之势，赞扬的是她乘风破浪、一往无前的顽强性格。

作为中华民族的摇篮、中华民族灿烂文化的发源地，黄河一路奔腾，给两岸带来了无尽的“生命之源”。但在历史上，黄河也是一条多灾多难之河，被称为“中华民族之忧患”。与流经南方的长江相比，黄河无疑多了几分苍茫、几分狂暴。黄河的性格是不羁的、沉郁的。历史上黄河曾多次在河南兰考县境内泛滥、决堤和改道。黄河从县境西北奔腾而过，在东坝头处，由南向北急转为东西流向，形成著名的险工地段。这一拐点就在兰考东坝头乡东坝头处，是黄河九曲十八弯的最后一道弯。兰考东坝头乡张庄村，便在这黄河最后一道弯扎下了根。张庄的命运也与黄河紧紧联系在一起，张庄人的悲喜，张庄人的眼泪和欢笑，都成了黄河的一部分。

曾经风沙肆虐的张庄模型图

据历史资料记载，从公元前 1885 年到公元前 1477 年的 400 多年间，黄河在兰考县境内先后决口 29 次，改道 3 次，大堤漫水 8 次，大小废堤和黄河故道交织全境，各种天灾频繁。志书上曾记载有“一岁三灾，三年大旱，四年大涝，麦尽干枯，秋禾无望，田野一空”“三人同行，二人同食一人”的悲惨景象。黄河在兰考的多次决口，留下了一条又一条故道、断堤、废堤。这些断堤、废堤和村庄纵横交错，就形成了许多大风口。其境内多风沙，于秦已有记载。因风沙弥漫，昏雾四塞，秦时这里被称作“东昏地”。一个“昏”字，极为形象、传神地勾勒出那种风沙漫卷、遮天蔽日的境况；黄河多次改道使地表坑洼不平，积水无法顺利排出，形成了内涝；兰考地下水本身含碱量大，冬春干旱，涝地的水蒸发后，又形成大片大片的盐碱地。这就形成了风沙、内涝、盐碱三大灾害，兰考人称之为“三害”。

张庄村始建于清咸丰年间，下辖张庄、官庄、军李寨、冯庄四个自然村十几个村民小组。村里的老人们说，每个自然村的由来大都与姓氏和传说有关。20 世纪五六十年代，张庄曾是兰考县 80 多个大风口中最大的风沙口，数百年来，黄河淹过，风沙吹过。50 多年前，因为焦裕禄在这里首次找到治理风沙的良策，并首次试验成功，张庄开始走进人们的视野。

大半个世纪后，在这个豫东地区当时最为贫困的村子，过去的日子多么苦涩，村里的老人们不会忘记，和焦裕禄并肩战斗的岁月他们更不会忘记。

1990 年 7 月，新华社播发了穆青、冯健、周原的长篇通讯《人民呼唤焦裕禄》，文章中提到的东坝头，即是黄河下游一处最重要的险工地段，而张庄在距离东坝头以西几公里地的黄河臂弯里。文章写道：“从三门峡、花园口奔泻而来的黄河激流，在这里按照人们的意志，回旋了一个马蹄形，从巍峨的石坝脚下乖乖地折向东北，奔向大海。滔滔黄河历史上多次泛滥，给这一带留下了 271 个大大小小的沙堆。每当刮起 5 级以上大风，黄沙蔽口，天昏地暗，一夜之间沙丘就能搬家。”

80 岁的卞九龄老人是张庄村的活字典，这位古稀老人的回忆和口述印证了新华社的通讯。卞九龄虽只是初中毕业，但在 20 世纪四五十年代的农村，这个“识字”的农民已经是文化人了，再加上脑袋好使，焦裕禄到张庄那一年，他 25 岁，是张庄大队的会计。当时张庄大队有十几个自然村，比现在大多了。作为一村之会计，张庄村发生的事都装在他的脑海里。他见证过黄河决堤、风沙漫卷，逃过荒，要过饭，亲历了治理“三害”那段激情燃烧的岁月。已经成为耄耋老人的卞九龄，记忆力依然很好，许多年以后“话说当年”，依然思路清晰——

我们家在这里三四百年了。说起张庄村，就是一大本经，那时候叫张庄大队，比现在的张庄大好几倍，包括卞庄、申步沟、常寨、小寨、张庄、官庄、彭庄、三家庄、冯庄、军李寨等十几个生产队。

说起张庄，就得说说这黄河。老辈人说今天的黄河河道，还是清朝咸丰五年（1855）铜瓦厢决口形成的。当时，黄河上游几条河都汇入黄河，下游洪水漫滩，冲开铜瓦厢大堤，正河断流，黄河改道向东北流去，结束了700年的东南流向。铜瓦厢是一个地图上被黄河水抹掉的地名，当年归兰仪县管辖，就是今天的兰考县东坝头乡一带，距离张庄也就几公里路。你站在东坝头四道坝往河对岸看，有片开阔的滩地，就是清代的铜瓦厢，据说当年可繁华了，那里又实实在在是一处黄河险工。

铜瓦厢决口后的二十多年，在下游几百里范围内来回摆动，先后淹没封丘、祥符、兰仪、考城、长垣等县的村庄，一百多年来，大大小小的决口也不少，留下一条又一条黄河故道、断堤、废堤，形成那么多大风口，两岸的老百姓可就倒霉了。

卞九龄老人点燃一根烟，整理着思绪。他继续给我讲：

黄河这条河脾气怪。自打我记事起，黄河水可比现在大多了，黄河涨水落水时龙咆虎哮，像闷雷，像隆隆的战鼓，几里开外都能听到。“大水一来先涮底，涨水不响落水响”，这是黄河发大水的特点，人跑都跑不及。我十来岁时，有一回和同村的王凤刚一起在黄河滩上挖野菜、薅猪草，回来时涨水了，一两米开外看起来是平地，一脚踩下去，扑通一下陷入齐腰深的水里，下面已经被大水涮空了，水还在继续往脖子上漫。也是老天有眼吧，这时候恰好远处有人撑着一条筏子，我和王凤刚又是喊叫又是招手，那筏子撑过来，我们拽住船把式递过来的竹篙，爬上筏子，总算捡了条命。

发大水还不是最倒霉的，最要命的是大风沙。每逢冬春就会刮大风，风口就在黄河边村西五六里的地方。全县 84 个风口中最大的那根（个）就在张庄村！

在我的脑海里，除了沙，还是沙。年年出现沙撵人，黄沙把人逼得没退路，撵得农户经常搬家，那几年光我们家前后就搬了四次，盖房子要把几尺厚的黄沙推掉才能打地基。土地被埋，村庄被吞一点都不稀罕。县志上说，从民国到现在，这 100 多年里，兰考被风沙掩埋的村庄就有 60 多个。你知道这风沙有多厉害吗？刮起来看不见太阳，几米开外啥也别想看清，张口说话就是一嘴沙子，在屋里大白天还要点煤油灯，锅里一层厚厚的沙土，饭做不成，村北头的井也被黄沙掩埋了。有时风沙把门堵住了，只能从窗户爬出去，村南播下的种子刮到村北的地块里，收庄稼时花生、豆子一锅搅。最要命的是沙丘把地埋了，根本种不成庄稼。满眼的大沙丘像小山一样一个挨着一个，上千亩的土地一片荒凉，寸草不生。张庄村有个大沙丘叫“裤裆沙丘”，两头高，中间是个洼沟，形似大裤裆，占地 200 多亩。村西头有个大沙丘，传说是明朝的一个驿站。因风沙肆虐、车马难行，路过这里的文官得下轿，武官得下马，这“下马台”就叫开了。你想想，恁大的风沙咋长庄稼啊，树根、草根被连根拔起来，哪还能长庄稼，好的年成，亩产只有三四十斤。1953 年那场风沙，麦苗都刮死了，当年夏粮绝收，全村一口麦也没吃着，我领着小妹到邻村的曹庄拾麦穗，拾了半斗麦，才度过了饥荒。

88 岁的游文礼当年是张庄大队的林业主任，他回忆说，他家住的是三间草房，院里有两棵枣树，有一年春上的一天，他正在枣树下剥花生种，突然西北风刮过来了，天空霎时一片昏暗，他赶紧跑进屋里点起油灯。风沙过后，房上盖了厚厚一层黄沙，把屋檩都压弯了，枣树只见树梢，房顶和院子里的沙全家整整清理了三天才清理完。

“冬春风沙狂，夏秋水汪汪，一年辛苦半年糠，扶老携幼去逃荒。”65 岁的文焕礼说这就是当时的真实写照。他说：“有一年黄河发洪水，村庄淹了，村里人都躲到房顶上、树顶上，一个星期不敢下来，饿得顶不住了，有个村民说下来看看水退了没有，爬下树一看，水是退了，但原来的平地却被一棱一棱的‘沙龙’淤埋了。有一年秋天，一连下了 70 多天的雨，庄稼都泡在水里，红薯一提就出来了，白花花的没有沾土，放锅里煮半天还是硬生生的霉味，到手的果实泡坏了，心疼啊。”

中国近代史是一部多灾多难的历史，在民族存亡的巨大危机面前，个人的生存往往让位于民族大义。管子说：“仓廪实而知礼节。”对于饿得头晕眼花、不堪一击的灾民来说，体面、尊严甚至民族大义，在吃饭这个基本的硬需求面前都变得苍白无力，甚至儒家所倡导的传统价值观——礼义廉耻在饥饿中都变得薄如蝉翼。正是基于此，才有了“五谷食米，民之司命也”“食者，国之宝也”的警世恒言，才有了“解决好吃饭问题始终是治国理政的头等大事”“把饭碗牢牢端自己手上”的深刻认识，这也是人类生存和发展的最基本也是最正确的认知。

逃荒是兰考历史上也是中国近代历史上一个非常独特、影响巨大的历史现象，穆青的长篇通讯《县委书记的榜样——焦裕禄》，对兰考县自然灾害严重程度有着详细的描述。史料记载，1959年到1961年之间，严重的风沙、盐碱和内涝三重夹击，使整个兰考县满目疮痍，粮食绝收，灾民每人每天只有二到三两的红薯片救助。当时兰考县36万人口，灾民就有20万，约五分之一的人口逃荒到了外省，留在家里的人没有收成，只能靠啃树皮、挖树根维持生命。在这种情况下，干部工作也难以开展，领导干部都不愿来兰考工作，当地的干部也都想方设法外调，认为灾区干部"栽"干部，容易犯错误。

"春天闹饥荒最厉害，人都饿得蔫蔫儿的。没粮食下锅，就剥树皮吃，吃完树皮吃草根，吃得树上不长叶、地上不长草。"年逾八十的李志军老人给我讲，那时候有个"十愁歌"——"吃也愁，穿也愁，住也愁，烧也愁，前也愁，后也愁，晚上愁，白天愁，进门愁，出门愁，愁来愁去没有头。"这个"十愁歌"道出了灾民面对严重自然灾害的无奈和苦涩。

在这里采访，张庄村老人们的述说时时撞击心扉。他们是"过来人"，他们口中的事实实际上已经成为他们身体和心灵中难以磨灭的刻痕。

土地是农民的命根子，是粮食生产的重要载体。皮之不存，毛将焉附？当风沙和内涝夺去了张庄人赖以生存的"命根子"——土地，张庄人的路又在哪里呢？逃荒成为他们求生的选择，也是灾民们无奈的挣扎，为了有口饭吃，为了活命。

陇海铁路当时是全国的交通大动脉之一，这条铁路经过兰考县境内，外出逃荒要饭的灾民就守在兰考火车站，火车一来，灾民们都往火车上挤，拥挤不堪的车厢满载着攀爬在外面的兰考灾民，驮着他们逃离兰考这片多灾多难的土地，驮着他们驶向丰收的地区，驮着他们辗转飘零到全国各地。逃荒的老百姓说，火车开到哪是哪，这里实在待不下去了。

作为逃荒大军中的一员，卞九龄老人对此有着切肤之痛——

1962 年前后逃荒的最多，逃荒大军成群结队。有的到邻近的乡村投亲靠友，有的全家逃到外地，再不回故土，很多家庭骨肉离散，火车站坐着的都是破衣烂衫的灾民，人要是撑不住，说不定哪天倒在地上就再也爬不起来了。兰考人外出逃荒要饭时，见到当地居民就说："我是兰考的，大爷……"久而久之，"兰考的，大爷"这句话就远近闻名了。县里成立了"劝阻办"，在县城街道上、火车站劝阻灾民，不要外出要饭，要饭会给兰考脸上抹黑。可是灾民不逃荒要饭，吃啥呢，总不能在家眼睁睁饿死啊。

我们张庄大队当时大约有三分之一的人口逃出去要饭了，一个自然村三家村逃得不剩一户人家。有的是冬春出去要饭，夏秋回来，有的再也不回来了。1960 年那一年，张庄大队外出逃荒的人家光我记得的就有文常理、游宝财、游孟起、游连信、靳国民、何茂才、文老六，等等。还有好多户，这些人现在都七八十的年纪了。

我那时候背着个布袋要饭，下火车时拿错了布袋，因为都是破破烂烂的那种，分不清，我要来的红薯片错拿成别家的萝卜片了，俺娘就把萝卜片炕了给我和小妹吃，香得不得了。村里文常理比我小 2 岁，他家 1960 年出去要饭，直到 1962 年才回来。为了活命，有的人家卖儿卖女，妻离子散。村里有个文老六，我叫他六叔，1960 年拖家带口逃荒要饭到安徽南宿县，为了不让奄奄一息的儿子百文和女儿英儿饿死，把一双儿女都送人了，媳妇也改嫁了，1962 年只剩他一个人一路要饭回来了。还有陈九、陈十兄弟俩，那时也就六七岁吧，他们总共弟兄十个，爹娘给他们这样起名，好记。陈九、陈十跟着他们爹娘出去要饭，被爹娘卖了，因为怕他们饿死。过了一年多，还是村里的金志力逃荒到了安徽南宿县，把陈九带回来了，陈十直到现在还下落不明，不知道是死是活。

儿女都是爹娘的心头肉，卖儿卖女也是为了保住“小命”，也为了保住“老命”。为了活命，他们又有什么法子呢?

“山河不移，流民似水”。饥饿面前，为了求生，逃荒成为灾民不得已的选择。自古以来，中国人最讲亲情，然而在饥饿面前，包括血缘维系的亲情都如此脆弱，如此不堪一击。他们背井离乡，远赴异地，用双脚走上这条“希望之路”。是的，是“希望之路”。在灾民的心中，陇海铁路这条交通大动脉，就是他们心中的诺亚方舟，那布满艰险的异乡就是他们的活命之地。

和焦裕禄并肩战斗的岁月

1959年到1961年间，三年自然灾害令兰考的灾情雪上加霜。兰考的情况，引起了党中央的高度重视，中央要求在最短的时间内改善兰考的局面。党组织把这副千斤重担放在了焦裕禄的肩上。

新华社长篇通讯《县委书记的榜样——焦裕禄》翔实地记录了“火车站现场会”的一幕：

严冬，一个风雪交加的夜晚，焦裕禄召集在家的县委委员开会。人们到齐后，他并没有宣布议事日程，只说了一句：“走，跟我出去一趟。”就领着大家到火车站去了。

当时，兰考车站上，北风怒号，大雪纷飞。车站的屋檐下，挂着尺把长的冰柱。国家运送兰考灾民前往丰收地区的专车，正从这里飞驰而过。还有一些灾民，穿着国家救济的棉衣，蜷曲在货车上，拥挤在候车室里……。

焦裕禄指着他们，沉重地说：“同志们，你们看，他们绝大多数人，都是我们的阶级兄弟。是灾荒逼迫他们背井离乡的，不能责怪他们，我们有责任。党把这个县三十六万群众交给我们，我们不能领导他们战胜灾荒，应该感到羞耻和痛心……”

他没有再讲下去，所有的县委委员都沉默着低下了头，这时有人才理解，为什么焦裕禄深更半夜领着大家来看风雪严寒中的车站。

从车站回到县委，已经是半夜时分了，会议这时候才正式开始。

焦裕禄听了大家的发言之后，最后说："我们经常口口声声说要为人民服务，我希望大家能牢记着今晚的情景，这样我们就会带着阶级感情，去领导群众改变兰考的面貌。"

带着"改变兰考面貌"的誓言，焦裕禄的名字永远和兰考连在了一起，就像一块木柴，他把全部的能量释放在了这块贫瘠的土地上，直到生命的最后一刻。

一场治理风沙、盐碱、内涝"三害"的战役在兰考大地打响了。

在张庄村西头，有一个红色教育基地，也是焦裕禄干部学院的一处现场教学点——这里由焦林、兰考四面红旗纪念馆两部分组成，占地50亩，曾是兰考县第一大风口。1962年冬，焦裕禄带领群众查风口、追风源，在此找到了治沙的办法，给沙丘贴上膏药，扎上了针（当地群众把翻淤压沙封住沙丘的办法叫作贴膏药，在沙丘上栽树把沙丘固定住叫作扎针）。人民群众为了纪念焦裕禄，称这片刺槐为"焦槐"，西侧修建了四面红旗纪念馆。当年，焦裕禄在兰考树立了"四面红旗"，成为韩村的精神、秦寨的决心、赵垛楼的干劲、双杨树的道路。"四面红旗"激发着兰考人民战天斗地。

而张庄则是焦裕禄防治风沙首先取得成功的地方，也就是"首创"之地。

焦裕禄来到兰考之前，政府也想了很多治沙的招，也做过很多尝试，但都失败了。1958年，为管住风沙，县政府发动群众在沙丘旁垒起了丈把高的防风墙，把一个个沙丘给垛起来，但一场大北风过后，刚砌起来的墙一夜之间被大风推平，被黄沙掩埋。再后来，又在沙滩栽上簸箕柳，一场风刮来，柳树苗子被连根拔起，吹得不见踪影儿。

1963年，焦裕禄为查风口、追风源，寻找治沙办法，来到了张庄村。一天早上，他看见农民魏铎彬手捧黏糊糊的泥土一个劲儿地往坟头上抹。焦裕禄不解，上前讨教。魏铎彬说，这是母亲的坟，每年冬春都要被狂风吹开，露出棺材。这不，风太大，母亲的坟头又刮没了，他用了一个早上，挖出地下的淤泥，把坟头封住，再种上草，狂风再大也刮不动。正为寻找治沙办法而寝食难安的焦裕禄听后，一下子受到启发，他兴奋地说："一个人一早上封一个坟，我们运用人民群众的力量，一百人、一千人、一万人、十几万人，干一年、两年、三年，大人小孩齐上阵，大筐小筐往上端，担的担、挑的挑、抬的抬，凡是有淤土的地方，都采用淤泥盖沙的办法把沙丘封住，栽上树，种上草，岂不把骇人听闻的沙丘变成了良田！"

为了在实践中验证翻淤压沙的效果，县委采取了"先搞试点、由点到面、全面铺开"的办法，发动群众用了两天的时间，封闭了一个30亩的沙丘，之后经过7级大风考验，沙丘没滚动，旁边的麦苗也没被风沙吹起。这次小面积试验成功后，县委决定在风沙最严重的张庄大队搞大面积试验，发动群众大干1个多月，把17个沙丘、1000多亩地，全部盖上了一层半尺厚的淤土，经过多次7级大风的考验，效果很好。这为全县大面积治理风沙提供了宝贵的经验。最后，形成了翻淤压沙、育草封沙、造林固沙的一整套治沙方法，在全县推广开来，最终锁住了风沙，结束了兰考几百年来风沙肆虐的历史。

有人说，张庄在兰考放了一个“卫星”，兰考在全国放了一个“卫星”。

在那个饥饿困顿的年代，张庄的这个“首创”，朴实无华，实用简单，却需要用心血、汗水做到，其背后是一个个感人至深的故事，是张庄人世代相传、被风沙逼出来的吃苦耐劳精神。

饿得面黄肌瘦的群众，一听说县委书记焦裕禄来到张庄，并且找到了缚住风沙的办法，大家的精神头一下高涨起来。逃荒的人从四面八方回来了，焕发出空前的热情。他们聚集在焦裕禄周围，心里暗暗憋着一股劲，决心要打一场漂亮的治沙攻坚战。

焦裕禄带领人民治理风沙模型图

人心齐，泰山移。男女老少齐上阵，干部群众齐上工，粪叉铁锨一齐上，工地上红旗招展，遍地是黑压压的劳动大军。小学生放学后，书包一放，就去翻泥压沙；年逾八十的老太太颤巍巍地挪动小脚，她们担不了重挑子，就用大块粗布兜着淤土一趟又一趟往返于工地上；焦裕禄见到年逾古稀的卞怀生老人精神头十足，不由竖起了大拇指道："社员卞怀生，年老思想通。"县委书记的夸奖，令卞怀生异常感动和兴奋，老人脚底下似乎有使不完的劲；谷运昌人称"谷长子"，个头大，气力足，干起活来一个顶俩，焦裕禄欢喜地问："老谷，你一顿能吃多少？""一斤多重的大馒头，我能吃 6 个。""好，保准让你吃饱。"焦裕禄说。

压沙大军中有一支顶呱呱的"铁姑娘战斗队"，干起活来丝毫不输年轻小伙子，队长姬素花是战斗队的灵魂人物，她带领的"铁姑娘战斗队"经常把小伙子们比下去，队里的姬桃、史麦云、谷冬枝……个个都是好样的，还有的姑娘订了婚把婚期也取消了，发誓不把风沙治理好决不出嫁。

干的是重体力活，吃的是树叶、野菜、红薯片、糠菜团子。在治理风沙的关键战役中，由于严重缺粮，加上繁重的体力劳动，不少干部和群众身体出现浮肿。

"群众饿着肚子干活，干部又何尝好受？焦书记领导的干部，最爱老百姓，一点也不搞特殊化。"作为亲历者，卞九龄见证了焦裕禄式的干部与群众同吃同住同劳动的一幕幕。

一天中午，村支书游孟昌把焦书记等七位县干部安排在姬秋云家吃饭，隔着厨房门，焦书记看到姬秋云家的锅里炕着 5 个锅贴，焦书记赶忙向张钦礼等几个在场的干部比画着手势，示意大家每人只吃半个，好给农民留几个。

还有一次被安排在胡生豫家吃中饭，看到锅里煮着野菜掺胡萝卜秧儿，农民自己喝的是野菜汤，却把红薯片拿来给干部吃，焦裕禄心里一酸，每个干部只喝了小半碗儿菜汤。

张庄的事迹、兰考的事迹吸引了时任新华社社长穆青敏锐的目光。在那个“敢教日月换新天”的时代，在他看来，兰考这种不怕苦、不怕累的战天斗地精神具有特殊的意义，他要将兰考、将焦裕禄精神推向全国。

1963年的一天，前来采访焦裕禄事迹的新华社记者穆青、冯健、周原，还有县里的干部陈健、刘俊生等，被安排在游文礼家吃饭。穆青把吃窝窝头掉下来的碎屑用指头拈起来吃了，穆青说，粮食是劳动人民的血汗换来的，毛主席教导我们浪费是最大的犯罪。还有一次在游连信家吃饭，游连信把一筐蒸红薯端来让记者们吃，有位记者把剥掉的红薯皮儿放在桌子上。游连信说：“焦书记吃红薯，可从来不剥皮儿。”那位记者脸一红，赶忙捏起桌上的红薯皮放到嘴里。游连信后来回忆起来说：“记者们来俺村里，可吃苦了。”

多好的干部，多好的群众啊！有这样的干部，有这样的群众，还有什么困难战胜不了！在那种穷到极限、饿到极限的状态下，张庄人硬是凭着羸弱的血肉之躯，把一个个大沙丘、大沙窝死死地封住。

一场风刮来，沙丘岿然不动；两场风刮来，黄沙不扬。

成功了，张庄试点成功了。

张庄人奔走相告，欣喜若狂。张庄为全县治沙提供了典范，县政府奖了村里 10 辆架子车。这在当时可是一笔不小的奖品。

焦裕禄立即在全县大面积推广张庄的治沙方法，并且总结出了三条治沙经验：造林固沙，百年大计；育草封沙，当年见效；翻淤压沙，立竿见影。三管齐下，才能根治风沙的危害。

焦裕禄兴奋地对他的亲密战友、兰考县委副书记张钦礼说："在赵垛楼点个炮，在张庄响了。"

紧接着，张庄人又投入到一场"扎针"的会战当中。群众在北滩 1000 多亩河滩栽上槐树和桐树，到了 1965 年张庄的风沙基本治住了，农民迎来了第一个丰收年。小麦亩产从以前的 35 斤，增加到 200 斤，张庄人结束了逃荒的历史。

当年种下的槐树老了，村民又改种桃树、苹果树，三年以后全部挂果，绿色在这里扎下了根，农民不光填饱了肚子，还发展了副业。看到农民的生活实实在在得到了改善，焦裕禄乐开了花，他说，不光要让群众吃上窝窝头，还要让大家吃上蒸馍、花卷。于是，几千亩河滩地经过改造，北边种玉米，南边种稻子，要让大家吃上白米饭。

一位慕名而来的新西兰记者，看到农民有吃的了，看到良田规整、绿树成荫，看到槐花、泡桐花、苹果花开成一片，不住地连连叫好，一个劲跟农民们拍照留念，要把张庄治理风沙、内涝的经验，把张庄的变化让全世界都知道。

半个多世纪过去了，焦裕禄和张庄百姓并肩战斗的故事，依然有着火一样的温度，卞九龄、游文礼、李志军、文焕礼、游文超……经历过那段激情燃烧的岁月，张庄的老人们随口都能来上一段：

老焦他来俺村排忧解难

同吃住同劳动嘘寒问暖

村西边沙岗上有他的脚印

村东边小河里他测量深浅

村南边盐碱地他把土翻

村北边麦田里他送粪到田

……

半个世纪的沉寂

张庄人有饭吃了。生产条件的改善使他们不必再去逃荒要饭，不必再为一日三餐而发愁。他们安于现状、安于平稳，他们日出而作、日落而息，许多人一生的轨迹也许再不会发生什么改变。英雄的名字，还有那激情似火的岁月，仿佛已然远去。

直到中国的经济和社会步入了一个新的历史时期，一次划时代的变革到来。1978年，十一届三中全会召开，农村经济体制改革，农村土地联产承包责任制实行，土地包产到户，空前地激发了农民的生产积极性，空前地激发了社会能量。农民可以自由流动，不再被死死束缚在土地之上，剩余的劳动力从土地上解放出来。随着工商业的逐渐复苏，大批的务工潮出现了，这成为中国经济发展史上一种特有的现象。农民用他们粗糙的双手为自己，也为这个国家创造了更多的财富和价值。他们被称为农民工。

生产力的解放，给广大农村带来巨大的生机与活力。就说张庄村吧，多数农民在这期间盖起了新房，光棍汉娶上了媳妇，家里添置了家用电器、交通工具等。生活条件当然与计划经济时代已不能同日而语。

改革开放以来，中国东部、中部、西部地区向来呈梯形发展，国家重点发展东部地区的经济政策，使得东、中、西部三个经济区域带的经济发展水平差距迅速扩大，这也使得中西部地区成为劳务输出重地，而非发达工商业的重地，大批农民工涌向城里，涌向东南沿海，因为那里有更多的就业机会，有更多的发展门路。

地区之间的不平衡，城乡之间的不平衡，社会各阶层之间的不平衡，以及各阶层内部不同成员之间的不平衡，导致的直接后果就是居民收入水平的巨大反差。处于生活底层的那一个群体的生活状况，带来了令人忧心的贫困问题，而且越往中西部地区走，贫困人口比重越高、程度越深、数量越大。根据“八七扶贫攻坚计划”中确定的592个国家级重点扶持的贫困县名单，可以发现几乎都是山区、高原、自然环境较差甚至恶劣的地区，其中有307个在西南、西北以及中部地区，贫困人口约占全国贫困人口总数的60%。而兰考就是这592个贫困县中的一个缩影，张庄，则是兰考这个贫困县中的一个贫困村。

张庄村党支部书记申学风说，如果说20世纪60年代，张庄人“一出张庄”是为了逃离饥饿，那么进入21世纪，张庄人“二出张庄”则是为了摆脱贫困。截至2014年底，全村2960多口人中，仍有贫困户207户754人，贫困发生率高达25%。2000年前后，张庄人纷纷外出，最多时有近1000人在外打工，基本上能干活的青壮年劳动力都出去了，留在村里的多是老人、妇女和儿童，村庄成为名副其实的空壳村、空巢村，因为村里没有产业，所以也留不住年轻劳动力。

申学风所指的空壳村，就是指集体经济薄弱、财政亏空的村子。青壮年到城里“掘金”，就剩下老弱病残和妇孺。空壳村的特点就是贫困面积大，贫困程度深，项目资金渠道单一，村里没有什么产业，农民返乡后没有营生可干。此外，随着经济转型和产业升级，有一部分农民工因为缺乏技能，有的甚至是文盲，在就业竞争中失败而被迫返乡种地，其家庭可能因此而陷入生活困境。如果家里有个三灾八难，就是雪上加霜。张庄的村干部说，因病致贫的大概占到三分之一。家里只要有病人，病人连带家人都无法挣钱。

“如果能就地挣钱，谁还出去打工？没有办法，家里太穷了，靠几亩薄地养不活一家人，粮食不值钱，种经济作物怕烂在手上，老人要看病，小孩要上学，花钱的地方多着哪！”作为村里第一批打工潮中的一员，村民游文超感慨颇深。

像许许多多的农民一样，村民种地、打工，打工、种地，日复一日，年复一年；像许许多多的村庄一样，张庄不断地向城里、向经济发达地区输送着劳动力，维持着本村现状，一年一年无所改观。年轻人几乎都远走高飞了，连同他们的老婆孩子，能带走的也都带走了。他们认为这个沙窝窝太穷了，他们的梦在耀眼的大城市，他们的希望在远方。父辈们说，他们的下一代已经没有了对张庄过去辉煌的自豪感和荣誉感，甚至不知道他们的爷爷、奶奶曾经在这里战天斗地，流血流汗。而焦裕禄、焦裕禄精神，对他们来说也许只是一种可有可无的谈资，有的甚至把焦裕禄精神当成一种包袱。

看来，这个曾经轰轰烈烈的村庄，快要被世界遗忘了，在21世纪到来之时，它几乎“淡出”了历史，虽然它还有着亦喜亦忧的故事，但显然，它已经不是叙事的主角。平庸，是它最主要的特点，当然，还要加上一个“贫困”的标签。

张庄在徘徊，张庄在原地踏步，张庄正在被另一种可怕的“黄沙”所掩埋。

躺在黄河十八弯的最后一道弯里，它的辉煌很快会湮灭在一种悲情的谢幕中。

直到2014年3月17日，党的国家最高领导人习近平的到来，打破了这个村庄半个世纪的沉寂。

看似偶然有其必然，这里叠印的焦裕禄的足迹上，依然清晰地显示着新时代中国梦需要的“亲民爱民、艰苦奋斗、科学求实、迎难而上、无私奉献”的大字。

张庄，再一次回归人们的视野。

中　部

毋改英雄意气 >>

跨越世纪的问号

在时空坐标上，在中国千千万万个村庄中，张庄这个躺在黄河边的村庄被重新发现，被发现后发生了诸多故事，一个典型的中西部地区贫困村庄与东方大国执政党解决贫困问题的迫切愿望相遇对接。

2014 年 3 月 17 日下午 4 点 10 分，中共中央总书记习近平来到了张庄村。

《河南日报》记者用饱含深情的笔墨，记录了总书记在张庄访贫问苦、指导扶贫的场景：

张庄村是国家新一轮扶贫开发重点村，村里现有 200 多户贫困户，主要收入就靠种地。受禽流感对市场造成的影响，村民闫春光去年养鸡赔了 1 万多元钱，一家 5 口至今还住在老式土砖房里。

听说总书记要来，闫春光 85 岁的奶奶张景枝特地换上过年才穿的大红外套，从堂屋不时向外张望着。一进院，习近平就上前握住老人的手，询问她的身体状况，祝福老人健康长寿，扶她一起坐下。“下一步你咋打算？还是打零工？”“土地流转出去，1 亩地给你多少钱？”“种粮食，1 亩地各种补贴有多少？”总书记不时询问闫春光，并帮他出主意、想办法。小小的堂屋里，洋溢着暖暖亲情。

临走时，习近平还送上了米面油等慰问品。“习主席真好啊!”张景枝眼含热泪，紧紧攥着总书记的手。看到老人执意要送自己，习近平上前一步扶起老人，携手一起走到院外，两双手久久没有松开。

“总书记，快尝尝俺家的花生。”总书记路过村民文伟清家时，文伟清兴奋地端着一簸箕花生想请总书记尝尝。习近平拿起一个剥开，津津有味地嚼了起来，频频点头。

……

开展好第二批教育实践活动必须“向群众学习、拜群众为师”。基层干部群众对开展好活动有哪些意见建议，总书记非常关心。

17 日下午，习近平不顾奔波劳顿，先后走进张庄村村委会办公室、焦裕禄干部学院教学楼 1 号教室，和兰考乡村部分基层干部、普通共产党员进行面对面交流、长时间座谈，认真听取他们的意见、建议。两场座谈会的现场，都格外简单朴素，没有鲜花，没有横幅，场地也都十分狭小局促。

“选择兰考作为我在第二批党的群众路线教育实践活动中的联系点，是因为这里有焦裕禄精神。我们就住在焦裕禄干部学院，出门就看得见焦裕禄当年种的泡桐，睹物思人、感慨良多。

“开展党的群众路线教育实践活动，目的就是查摆和切实解决我们党员干部作风上存在的突出问题，能够进一步促使党员干部像焦裕禄同志那样，真正做到为民务实清廉。

“这次我专程到兰考来，就是想请大家谈一谈，怎么开展好党的群众路线教育实践活动，怎么把党群关系、干群关系搞得更好，怎么更好地转变风气、转变作风，使之更加适应为人民服务的要求。”

总书记亲自主持的两场座谈会，每次的开场白都没有离开过“焦裕禄”和“群众”。总书记诚挚、亲切的开场白，消除了紧张情绪，打开了大家的话匣子。

村民游富田激动地说：“当年焦书记在张庄蹲点的时候，我还是一个20多岁的小伙子，跟着焦书记一起在下马台干过活儿。现在习主席百忙中，大老远来到俺这小村庄，俺们由衷地觉着焦裕禄精神又回来了，咱的‘老焦’又来了。”

对中央八项规定带来的变化，坝头乡党委书记体会很深：“以前我们乡会议多、招待多、检查评比多，一年下来招待费高达几十万元，八项规定实行以后，基层干部应酬少了，招待费也没有了，会议和检查评比也少多了。”

张庄村第一书记程远飞用“十个人八个牙”来形容农村党员干部年龄偏大的现状。他认为，村级党组织要想建设好，必须解决党员队伍老龄化的问题，同时要加强与外出务工青年党员的交流联系。

……

“啥事都要先当群众的学生。走到群众中，才能真正了解实情，找准方向。作为村干部，能给群众办多少事就办多少事，不管能力大小，只要一心想着群众，处处想着群众，群众就会满意。”

“干部要到群众里多泡泡，同群众多聊聊，对照镜子多照照，自己身上‘四风’的问题都改掉。”

“当工作感到没办法的时候，你就到群众中去，问问群众，你就有办法了。”

“焦书记是一面镜子，越对照越心慌，越对照越坐不住。深感‘四风’不刹不行，整改必须立即行动。”

……

发言中，无论是谈问题，还是提建议，大家都直奔主题，说的都是接地气的大白话，见真章的大实话。习近平边听边记，不时插话，现场气氛十分热烈。

54岁的村民李国平，现场朗诵了一首自编的歌谣：“二月里龙抬头，现在农民真自由，青年男女创业去，红红火火闯九州……五月里五端阳，党的政策可传扬，种地不把公粮缴，补贴票子腰里装……”听着这发自内心的质朴话语，习近平带头鼓掌并称赞说，我们的群众对党的富民政策如数家珍，多么质朴、多么知道感恩啊。

总书记有着深厚的民本情怀。他表示，革命战争年代我们党同敌人作斗争，一刻也离不开老百姓的保护和支持，党执政了是不是能做到一刻也离不开老百姓？我们必须改进作风，只有这样才能牢牢秉持为人民服务的宗旨，获得人民真心支持。

“向群众学习，拜群众为师”，习总书记掏心窝子的大白话，把百姓的心暖热了。正是在这个座谈会上，张庄村两委向总书记作出庄严承诺：实现三年脱贫、五年奔小康的目标。

时光推溯到公元1990年7月15日。是夜，正在中共福州市委书记任上的习近平，正读着一篇《人民呼唤焦裕禄》的文章，这是穆青、冯健、周原三位当年采写焦裕禄事迹的老记者重访兰考之后发表的一篇力作。是夜月光如银，习近平同志心情久久不能平静，思绪如潮，他随即挥毫写下了《念奴娇·追思焦裕禄》的诗词。

2009 年 4 月，习近平曾来兰考参观焦裕禄事迹展，并种下一棵泡桐。

2014 年 3 月 17 日、5 月 9 日，习近平总书记两次专程前往这片焦裕禄精神的发祥地视察。同时，在焦裕禄战斗过的地方，总书记给兰考也是给河南出题："焦裕禄同志给我们留下了那么多，我们能为后人留下些什么？"

总书记的"发问"，值得深思，更需要回答。

焦裕禄之后第十四位兰考县委书记王新军在民主生活会上，发出被很多人压在心里的"兰考之问"：为什么守着焦裕禄精神这笔财富，50 年了经济仍然比较落后，至今仍戴着国家级贫困县的帽子？

新华社说，这是一个“发人深省的发问”，不仅概括了焦裕禄精神的精髓，而且提出了一个执政党摆脱历史周期律的规律性问题。

这一问，后来被称为闻名全国的“兰考之问”。

冲出贫困文化怪圈

就在兰考县为回答总书记的“考题”而努力拼搏、为解答“兰考之问”而加油鼓劲时，一个严峻的现实问题摆在张庄干部和百姓面前：张庄怎么办？

2014年前后，当脱贫攻坚的潮头汹涌澎湃于神州大地，张庄村却面临这样几个现实：第一个现实是村支两委班子老化问题突出，且文化程度偏低，2014年村支两委成员平均年龄54岁，党员平均年龄55岁，“三大主干”村支书文伟清、村主任翟茂盛、村会计文振民均超过60岁，村里是老人家在“主持大局”，治理和经营兼善型干部总体欠缺。因而，上级领导对这个村能不能实现“三年脱贫，五年奔小康”的目标多少有点持怀疑态度。在习近平总书记主持的那次座谈会上，驻村第一书记程远飞就毫不避讳地表达了他的意见，而老百姓对这样一支干部队伍能不能以较强的战斗力带领他们改变旧的面貌也是犯嘀咕。第二个现实是农民人均收入在较低水平徘徊。2013年底，全村人均年收入2860元，是脱贫后的2017年的29%。第三个现实是集体经济收入为零。没有集体经济收入，造成对水、电、路、学校等基础建设各项事业投入严重不足。村里制订的多项基础设施改造计划因拿不出钱迟迟落实不到位。群众说，村干部净说瞎话。

上述三个问题，造成民心不稳，干群关系紧张，社会矛盾突出，干部在群众中没有威信。村干部到上头开会、汇报工作，心里都是七上八下的，生怕一不小心被某位领导“点了将”——守着焦裕禄精神，却还有200多户农民没有脱贫，脸上无光，腰板也挺不起来。

2015年过后不久，在人们疑惑和期盼交织的眼神里，村支两委换届，选出了新一届村领导班子，经历了一次新老交替和换代，解决了“十个人八个牙”的问题。通过这次调整，60岁以上的村支书文伟清和老村主任翟茂盛因为年龄问题，分别从村支部书记和村委会主任的岗位上退了下来。50岁的继任者申学风接过了村支部书记这副沉甸甸的担子。申学风后来略带调侃地说：“虽然我这个年龄也不小了，当时大家还说我是年轻的，农村干部青黄不接呀，年轻人都不愿意干，嫌待遇低，事儿还贼多，这就是农村干部队伍的现状。”

在我采访的过程中，有一些村民就跟我说：学风这个人“中”。我就问，他咋“中”？“中”在哪？80多岁的李志军说，第一，他这个人脑子灵光，他以前开过预制件厂，当过企业老板，会经营，村里要发展，就要在产业上找门路。这第二条，学风当了20年的村干部，有经验，村里的情况他门清，包括每家每户的锅灶往哪开，他都一清二楚。第三，他这个人办事公道，能吃亏。这些年村里要发展乡村旅游，他说自己的厂子和村里的长远发展冲突，带头把预制件厂关了。第四，他这个人敢负责，凡涉及张庄老百姓的事，他都冲锋在前，从不讲价钱。就冲这几条，大家都支持他。

张庄人过去过惯了苦日子，习总书记来到张庄，世界的目光聚焦于张庄，这无疑让穷惯了的张庄百姓乐开了花，他们在动着脑子：总书记都来了，上头也该拨钱了。

2015年7月24日，不到30岁的中国证监会干部孙兴文被组织任命为驻张庄村第一书记。对张庄以往的贫困他有所耳闻，但他认为这还不是要害所在，贫穷是可以改变的，关键是农民思想观念上的贫困，这个改变迫在眉睫。

“听说这个第一书记是从证监会来的，证监会可有钱了，往后没钱就找他。”村民们议论纷纷，这也是为什么孙兴文一到张庄，老百姓就比较尊重他，那是因为他身后有个证监会。

作为驻村第一书记，根据政策每年都有配套的扶贫资金供村里使用。有了扶贫资金，做什么？怎么用？在村里第一次开会时，乡亲们有的说：“孙书记，给我们买成物资发了吧！”孙兴文摇摇头说：“扶贫款可不能这样用。啥叫精准扶贫？精准扶贫就是把有限的资金用在刀刃上，用在给大家增强造血功能上。”孙兴文发现，扶贫工作中，有的农民包括部分干部“等靠要”思想严重，他们的观念里扶贫就是“扶钱”，就是“输血”，因此扶贫扶了一茬又一茬，始终没有多大成效。过去，村集体经济基本为零，村民收入的主要来源为务农和外出务工。张庄最缺的就是产业，未来壮大产业，需要引进外面的资金、技术、服务，需要引进外面的能人和企业进驻。过去也引进了一些项目，然而由于投资环境问题，往往是项目刚落地，甚至还没开工，麻烦就接踵而至，当地一些村民就以占地等理由变相向投资方要钱。不少投资方一看这架势，都不敢来了，致使外地的企业进不来，本村的产业难成长。孙兴文感到，要把村民思想深处的这个弯子给扭转过来，看来还是要下不少功夫的。

和第一书记孙兴文相比，来自兰考县公共资源交易中心的驻村工作队队长庄艳斐，还有她的队员们就没有孙兴文那么受待见了。为啥？甭看农民们平时不怎么出村，但在他们的“见识”里，他们知道什么是有钱单位，什么是实权单位。“这个公共资源交易中心是个啥单位？都没听说过，派这个工作队一没钱，二没权，扶贫扶贫，他们能扶俺啥？”庄队长他们入户开展工作，了解情况，有的村民就爱搭不理的。

扶贫工作队队长庄艳斐（右）在贫困户家里调研

那天晚上，庄队长反复想了很多。她在想扶贫工作该如何开展，该怎么赢得群众的信任。群众不认可我们，也不能全怪他们，农民其实很淳朴善良，但他们一天到晚守着那一亩几分地，思想保守，脑子还转不过弯来。这一方面说明我们的工作还没做到群众的心坎上，另一方面也提醒我们，扶贫必须把扶志和扶智工作做在前面，从根本上解决“等靠要”思想，否则，给了钱，给了项目也解决不了问题。庄艳斐觉得，首先要把群众的精神头给“扶”起来，把当年的焦裕禄精神给找回来。虽然张庄有焦裕禄精神的宝贵积淀，但这种精神似乎沉睡太久了，需要找回来、唤回来。

张庄按照乡村振兴规划，对老旧的水、电、路、农厕进行统一改造，按说这是利在当代、功在后世的好事，但推进过程中就遇到不少麻烦，比如落实“弱电入户”工程，要开槽、开洞、穿管等，按标准，规定距离内要开一个弱电井，这个井说不定会开在谁家门前，绝大多数农户都比较通情理，但有一户农民硬是拦着不让这个井开在自家大门前，据说是怕破坏家里的风水。村干部上门找到这家户主说：“你看看，大家都在学习焦裕禄，你家还在搞迷信，害臊不害臊？再说了，这弱电入户是为大家好，也是为你家好，为你一家不惜损害大家利益，你这叫损人不利己，看你以后在张庄还怎么做人。”这家的户主自知理亏，脸一红，没再坚持了。

习总书记来张庄后，天天都有一波又一波的参观团前来观摩学习，大家都希望看看习总书记开座谈会的地方，所以原有的三间村室被改造成党的群众路线教育活动室兼会议室，村支两委就没地方办公了。村里先后在夏天热冬天冷的活动板房里办过公，在黑乎乎的老瓦房里办过公，就这也不是村里的房子，所以三天两头挪地方。村支两委商议，计划在老村部东边建一个新村部，经过党员干部会、村民代表会征求意见，没有人反对这个计划。然而到了征地环节，麻烦还是来了。

新村部所规划的地块涉及 20 多户的建设用地，村里以流转的形式与农户签 20 年的合同。这家农户看到张庄发展势头如火如荼，地块又紧临主干道，自然打起了自己的小算盘，不愿意流转，他们打算将来自己建房，当然，这不符合村里的整体规划。但这事不能硬来，只能逐户给村民做思想工作。干部们经过一轮又一轮上门沟通，讲道理，说好话，赔笑脸，做通了大多数村民的工作，只剩 5 户冯姓人家，这个家族兄弟 4 个，还有他们的老爹，只同意签 5 年的合同。其中带头的这家户主开着饭店，在这个 700 多户的张庄村也算是个头面上的人物，其余 4 家基本都听他家的。5 年的流转合同转眼 2020 年就到期了，已经接任村支书的申学风觉得这是个隐患，合同到期要么把村部拆了把地还给农户，要么农户大幅抬高流转价格，这问题有点头疼。先后有好几个村干部去做思想工作，都碰了一鼻子灰回来了，申学风只得硬着头皮，亲自上阵。

那家户主依然不肯让步。申学风发话了："老冯，咱俩关系本身不错，我来找你就是我遇到难事了。你想想，这几年村里对你们家怎么样？"

"你待我不薄，村里待我也不错。"

"你改建房子，村里每平方米补贴你们 200 元，你两层楼总共省去十几万。还有，和前几年相比你家生意现在好不好？这不都是因为村里通过美丽乡村建设，拉动旅游，带动了你家的生意吗？"

"确实好，确实好。"

申学风接着说："现在村里加强基层组织建设，搞乡村振兴，这也是村里整体建设的重要一项，如果村支两委都瘫痪了，你的生意能好吗？那点地是你的不假，但即使给了你，你也得符合村里的整体规划吧，你也不能乱建房，对不对？所以得换位思考，啥事得有大局意识，不能老揪住自己那点个人利益不放，是不是？"

姓冯的户主默然低下头，无言以对，这等于是默认。他一带头，其余几户都同意把合同改签成 20 年。

村支两委在东坝头乡政府的共同努力下，从兰考引进来一个现代农业企业——云瓜园，目的是通过“公司＋农户＋市场”的模式，把本村农民给带动起来。村干部给农民讲这种合作模式的好处，然而村民们不怎么买账，原因有二：一是和外地老板合作，担心被坑了，万一种出来的瓜他们不要怎么办？二是种瓜有风险，万一收成不好怎么办？不如出气力挣份工钱稳当。

这样的几个例子，让驻村第一书记、扶贫工作队和村干部深切地认识到，单纯给钱给物的扶贫是行不通的，最要紧的是解决心态的贫困。

客观地说，张庄村当时的情况只是我国广大农村的一个侧面和缩影。这些问题不仅是生产力发展过程中的矛盾，也是生产关系改变过程中的矛盾。基层组织建设中，农村经济和社会发展中，这些明摆着的问题，谁都看得清清楚楚，谁都明白不痛下决心治理顽疾不行，然而谁都不愿意触碰深层次的矛盾和问题，谁都不愿拿自己开刀！多少年来，人们在这种矛盾和复杂的心态下，温水煮青蛙，得过且过地“混”了一年又一年，可以说，这种贫困心态和行为方式，是一副自己给自己套上的软枷锁。

必须打破这副枷锁，必须冲出这个怪圈！

冲出这个“怪圈”，不仅要有超前的观念、开放的思维和科学的态度，更要有一种明知山有虎偏向虎山行的大无畏的胆略和气魄。

困难，是勇者的舞台。当年春天，强劲的春风在豫东平原扬起一阵阵干燥的尘土，驻村第一书记、扶贫工作队、村支两委成员统一了思想，在压力面前，开始了对经济欠发达地区农村治理的探索和实践，开始了全方位的脱贫攻坚之战，更高层面上说，这也是一场生存之战、发展之战、决胜命运之战。

县长到俺村来开会

除了村支两委班子、驻村第一书记和扶贫工作队操着张庄的心，还有一个人在思索着张庄的未来，这个人是蔡松涛。

蔡松涛任职兰考是从 2015 年开始的。从那时起，张庄的脱贫奔小康已经被这位地方大员格外关注。彼时，正值全国落实习近平作出的“实事求是、因地制宜、分类指导、精准扶贫”重要指示进入攻坚阶段，举国谋划“十三五”时期扶贫开发工作，也正是“兰考之问”的提出和解答进入“啃硬骨头”阶段。从“兰考之问”到“兰考之变”的征途上，在“任重而道远”的脱贫之路上，各地都结合自身特色探索属于自己的脱贫方式。2014 年初夏，兰考提出，要做河南省“脱贫攻坚”的排头兵。

对兰考而言，要率先完成“摘帽”，绝不只是循规蹈矩地完成脱贫任务，兰考要做的是成为全国“脱贫典范”。但脱贫摘帽之后，兰考如何发展呢？奔小康的道路上，兰考又有啥新的目标呢？兰考“十三五”规划绘就的“特色产业体系、新型城镇化体系和公共服务体系”的宏伟蓝图，其发力点和支撑点在哪里？答案就在习近平总书记在兰考调研时作出的“三个起来”的要求中。

蔡松涛想，如今农村迅速实现致富奔小康，不外乎两条路：

第一条路，城乡接合部的农村，依托大、中城市的辐射带动作用，大力发展商品经济，迅速形成较为成熟的农村工商业体系和农村商品市场，从而渐渐融入城市化建设进程中。这种类型的发展，对远离城市的农村来说，显然不切实际，因为成本过高，没有人愿意砸钱来为这类乡村买单，投资方多不看好这类边、远、穷、老的地区。

第二条路，东南沿海的苏南模式和温州模式，这些地区的农村在人才、资金、技术等方面具备先天优势，可以迅速实现工业化和农村城镇化。这一条，对纯农业地区和偏远农村同样不适用。

蔡松涛思考的是第三条路，也是中国绝大多数农村可选择的路，即依托较好的农业基础，通过激发农业地区的内生动力，培育农村经济的规模化、产业化，实现农村经济转型，进而与城市接轨、与市场经济接轨。这不失为一条现实且清醒的道路。这第三条路恰好与总书记在兰考调研时作出的“三个起来”指示高度吻合。

2014 年，习近平总书记在兰考调研时，对兰考的发展提出了三点要求：把强县和富民结合起来，把城镇和乡村结合起来，把改革和发展结合起来。“三个起来”，是基于兰考的历史与现实，“三个起来”指明了兰考的发展方向。在兰考城市和新型城镇化快速发展的背景下，蔡松涛在寻找兰考“十三五规划”中“三个体系”的发力点和支撑点，他在思索以小康为目标，让总书记治国理政理念在兰考做实。在他看来，兰考还是经济欠发达地区，有广袤的农村和广大的农民，农业和农村问题始终是兰考发展的短板，如果城市像欧洲，农村像非洲，这不是兰考的未来，更不是兰考想要的脱贫和小康目标。农村和农民富裕了，那么“兰考之问”也就真正解开了答案，也就真正实现了“兰考之变”。

蔡松涛把兰考广大农村的治理问题和农民的出路问题放在特别重要的位置上。他想以脱贫攻坚为抓手，把兰考这盘棋走活，因而，他在找一块“试验田”。这块“试验田”不仅要在兰考，而且要在全省、全国都具有普遍的价值，这块“试验田”不是要造“盆景”，而是要让它在广大的欠发达地区的农村开花结果，它是一粒“星星之火”，它具有某种新时代启示的意义，具有贫困地区发展出路可借鉴可推广的意义。蔡松涛要在兰考种下一粒种子，长成一棵新时代的“泡桐”，他把目光投向了张庄。

这是因为张庄地处中原，改革开放和各方面的工作有一定的代表性，张庄还是焦裕禄书记治理风沙的首创之地。同时，通过对张庄的研究，他发现张庄在“脱贫攻坚、党的建设、产业发展、美丽乡村”方面具备一个社会主义新农村的雏形。更为重要的是，他从张庄发现了一种其他地方难以找到的文化内涵，这个文化内涵不仅仅因为20世纪60年代，一个县委书记在这里治理风沙首战告捷，也不仅仅因为新华社老一辈新闻工作者一篇《县委书记的榜样——焦裕禄》让这个封闭的村庄一下子扬名全国，最重要的是焦裕禄精神在这里扎根很深。几十年来，这里的老幼妇孺没有不知道焦裕禄的，没有不从骨子里敬仰焦裕禄的，张庄很好地吸收了焦裕禄精神中弥足珍贵的成分，并且得天独厚地吸引着世界的目光，也吸收着新的思想和理念。

改革开放的东风一旦吹进这个村子，一些在其他地方的农村想都不敢想的新生事物，活生生在这里落地、生根、发芽、开花、结果了。因此，蔡松涛认为，张庄的发展有一种文化的元素、文化的灵魂在支撑着，它在传承中不断发扬，在吐故中不断纳新。事实证明，张庄后来的发展正是在这种文化内驱力的作用下，把外部的作用力成功转化为发展的能量，进而在脱贫攻坚的路上披荆斩棘，迈向更高的目标。

蔡松涛看待张庄的视角独特、新奇而有深度，在他看来张庄已不是一般意义上的张庄，而是一个中国内陆贫困地区广大农村向何处去的“天问”，一把解答这个“天问”的“钥匙”，或者说是一个“支点”，对，是一个撬动内陆不发达地区农村问题的“支点”！一切都豁然开朗了！

然而，张庄并不富裕，甚至在达到“富裕”的路上，还必须急行军、强行军。他要为这个“支点”注入一种新的力量，一些更为先进的机制、更为先进的文化元素。

此后，通过单独面谈或层层指示，他给张庄提出了五项要求：2016 年张庄整体脱贫摘帽，三年内产业及集体经济要有新突破，基层党建和乡村治理成为兰考乃至全省一枝花，基础建设和村容村貌实现根本改观，文化建设和乡村旅游成为新亮点。

后来，河南省委办公厅在 2018 年的一份调研报告中证实了他的洞见。这份报告写道：“四年来，张庄在产业经济、乡风文明、村容村貌、乡村治理、党的建设上都发生了翻天覆地的变化。”这份报告提出的观点与蔡松涛当初的思考不谋而合。

报告开宗明义，树立张庄这个典范，是为了“总结成功经验和好的做法，进一步推动习近平新时代中国特色社会主义思想在河南落地生根、开花结果，为打赢精准脱贫攻坚战和实施乡村振兴战略提供有益借鉴”，是为了在“脱贫的基础上更好地实现全面小康”——这是兰考和其他贫困摘帽县面临的新时代考题，要答好这个考题就“要紧紧依托乡村产业振兴、乡村人才振兴、乡村文化振兴、乡村生态振兴和乡村组织振兴五个具体路径，与全面建成小康社会的目标统筹起来”。

虽然行文较官方和正式，但这里面给出的许多信息很有意思。看，这就是一个村庄的政治学、社会学、经济学。

政治家的禀赋是善于发现群众的智慧，群众的智慧实际上也是政治家的智慧，只是群众的智慧具有分散性和不自觉性，而政治家需要把群众分散的智慧聚集起来，挖掘出来，总结出来，并且变成现实。

蔡松涛对张庄的思考，从他在兰考任职的时候就开始了。

就像焦裕禄在张庄发现了治理风沙的方法，为全县创造了防风固沙的经验，蔡松涛发现了张庄特有的资源禀赋。但这种资源禀赋是沉睡着的，他要让这种资源变成“金山银山”。张庄没有山，但张庄不缺黄河水，张庄不临路不临城，但张庄有城里没有的东西，有城里人喜欢的东西。张庄是一块坚实的“圣地”。从张庄出发，他要为兰考广大的农村找到一条生态型、文化型协调发展的思路：要解决好兰考的问题，农村是木桶理论中的那块最短的木板；要解决好农村的就业问题、农民收入问题、城乡差别问题、生态和经济协调发展的问题，必须从张庄的发展经验中得到借鉴和启示。因而，我们不难找到为什么蔡松涛对这个小小的村庄格外“偏心”的原因。

自然地，在蔡松涛的关注下，以乡村旅游为核心的美丽乡村建设计划，也成为张庄村的“一号工程”。

当然，其后的工作还是给张庄村的党员干部带来了挑战。

接下来，孙兴文和村支两委干部就美丽乡村建设规划，先后召开了党员代表大会、村民代表大会，广泛听取和吸收了农民的意见，让农民能够自己选择、自己决策、自己建设、自己管理，推动美丽乡村规划落地，推进美丽乡村建设项目按照规划实施，将美好蓝图变为现实。

蔡松涛曾经说过，张庄的对外开放，要打开思路，放开手脚，想让别人“进来”，自己首先得“出去”。

百闻不如一见，闭门造车不行。张庄村决定组织村民走出去，转一转，看一看。

接下来，由东坝头乡政府负责组织村民到栾川县，信阳市郝堂村、新集村，焦作的莫沟村等乡村旅游发展起步早的村庄学习参观，开阔思路。在郝堂村，村民面对那些低矮的老房、静谧的院落、整洁的小路、精致的小桥、潺潺的流水流连忘返，当然也少不了丰富的特产、诱人的小吃，实实在在见证了“绿水青山就是金山银山”；在新集村，他们学习到这个“被干净唤醒的村庄”从垃圾分类开始打造美丽庭院的经验。如果说郝堂村和新集村具有南方水乡的灵性和韵味，那么，焦作孟州莫沟村对张庄人的触动更大，“老家莫沟”这一美丽乡村休闲品牌的打造对张庄来说更具借鉴意义。保存完好的原始村落，泥土垛墙、青砖瓦房、狗头门楼、碎石步道、别致小院、窑洞给前来参观的张庄人留下深刻印象，古老的纺车吟唱着恬淡的歌曲，石磨、石碾、马车、麦秸垛、玉米穗将农家岁月雕刻成一个艺术品。人们可在这里领略田园风光，触摸耕读文化，找回老家记忆，寄托乡情乡愁，仅仅一个“五一”小长假，蜂拥而至的游客就有 3 万多人。

经过转悠、揣摩、对比，大饱眼福的张庄人坐不住了。他们说，俺村也有狗头门楼、青砖瓦房、农家小院呢，俺村也能弄得这么好。

蔡松涛趁热打铁，带领兰考县和东坝头乡的领导干部，连夜来到张庄，给乡亲们开会、打气、鼓劲。

2015 年 6 月的一个晚上，蔡松涛带着兰考扶贫办、旅游局、发改委等政府部门和东坝头乡的领导干部，到张庄村宣讲脱贫攻坚和“美丽乡村”建设，宣讲“社会主义新农村”。在那个会上，他提出要把张庄发展成一个“经济一流、生态一流、文化一流、治理结构与管理一流”的新时代农村试验田。

张庄就是中国中部内陆地区农村走向社会主义新农村的一个典型、一个范例，要通过“产业提升、环境提升、素质提升、服务提升”，以经营乡村的理念，推进美丽乡村建设。美丽乡村的具体表现就是：村容整洁环境美、村强民富生活美、村风文明和谐美。

美丽乡村建设，政府要主导、建制村要主办、全员要参与，县财政、农业、环保、住建、文化旅游等部门都要有相应的政策和资金跟进，都要有相应的责任和任务划分，张庄要带好这个头，抓住机遇，乘势而上，为全县美丽乡村建设创造经验。

要有规划引领、项目推进，规划要坚持“绿色、人文、智慧、集约”的规划理念，以“民生、民居、民俗”为落脚点，实施“治污、绿化、美化、创新、致富”五大工程，什么有特色就发展什么，体现一村一业、一村一品、一村一景，宜工则工、宜农则农、宜游则游、宜居则居、宜文则文。

美丽乡村建设要有产业支撑，就张庄而言应突出现代农业特色化提升、红色文化和乡村旅游品牌化经营、文化资源产业化运作，引导发展种养大户、家庭农场、农业专业合作社等新型农业经营主体，鼓励发展农副产品加工、来料加工等乡村生态工业，发展农家乐、特色餐饮、纪念品等美丽乡村游服务，引导发展商贸、现代物流、农村电商等生产性服务业，多方位拓宽村集体经济和农民收入渠道。

在蔡松涛看来，张庄的发展不只是张庄的问题，也不只是一个经济问题，还是落实国家“十三五”规划统筹城乡、脱贫致富奔小康的政治问题和社会问题，是解决时代发展的大问题。张庄有很好的条件，要以焦裕禄精神、创新创业精神，抓住农村经济发展这条主线，抓产业转型提升和富民增收。最根本的问题是要提高农民素质，加大培训力度，建立本地人才梯队培养机制。多渠道展示张庄特色文化符号，提升红色文化品牌知名度，配套文化设施，促进文化传承发展。

县、乡、村各级干部，把党的群众路线教育实践活动和乡村振兴结合在一起，把脱贫攻坚结合在一起，不要说空话，县、乡干部要下到农户家里，蹲点调研，帮助农民制定适合各家各户实际的“五年发展规划”，要主动当起“河长”“路长”，形成督查、排名、追责制度，帮助村里和农户解决实际问题。

张庄有浓厚的焦裕禄情怀，有丰富的红色文化传承，要唱焦裕禄，学焦裕禄，践行焦裕禄精神，做有知识、有技能、有文化品位的新型农民。

张庄的村民静静地听着。

随行的县、乡领导静静地听着。

蔡松涛在张庄开这个会，不光是说给张庄的村民听，也是说给全县人民听的。对张庄，除了特色产业筑基，还存在着一个现实的问题，这就是解决农村剩余劳动力出路问题。后来，蔡松涛把这个叫作农村就业问题和经济发展的“供给侧”改革，它也是所有在城市化进程中的地区必然要面临的问题。

随着我国经济转型和城市化进程的加快，一般来说，有知识有技能的充满活力的青壮年劳动力，依靠自己的知识技能储备，或者年龄优势，能融入城市化进程中，有的自己创业，有的充当城市化建设的主力军。而留在农村的这部分人主要是老弱群体，这些人大多数没有文化或者文化程度偏低，有的因为年龄问题而在竞争中处于不利地位，必然被城市化的大潮所淘汰，农村的留守妇女需要留下来照顾老人和孩子，她们也很难进入城市化进程中。那么这部分弱势的剩余劳动力怎么消化，是广大农村脱贫攻坚面临的一个现实问题，也是蔡松涛提出和苦苦求索的一个问题。而兰考县重点打造张庄村乡村旅游典范，将为农村剩余劳动力找到一条新的出路。一方面，留守妇女甚至是老人们，可以在自己的家园继续发挥光和热，创造美好生活，创造新的经济增长点；另一方面，通过乡村旅游的打造，吸引城里人到乡下观光旅游、休闲度假，促进了城乡一体化建设。

因而，我们不难理解蔡松涛为什么要兴师动众地在夜晚来到一个行政村，为一个村庄的发展摇旗呐喊、鼓劲助威了。其良苦用心可见一斑。

当然，这里面还有一个现实问题，即张庄村能否如期完成“三年脱贫，五年奔小康”的目标，能否成为全县乃至全国的“样板”，能否把张庄的经验在更大的农村区域推而广之。那么，这个村的领导班子，特别是村支部书记的角色，就十分重要了。

过河的卒子

在蔡松涛的办公室，他和申学风有过一次对话，现在看来，也可以说是对申学风的一次“考试”，是一次“张庄之问”。

“学风啊，张庄这副担子可不轻呀！”

“嗯。”

“三年脱贫，五年小康，有没有信心？”

“有！”

“说来听听。”

“总的来说，张庄要实现脱贫奔小康，根本在于产业，有了产业，就解决了农民有钱、集体有钱、群众就业等各方面的难题。发展产业，就要做好内、外两篇文章。

“对内，调动群众力量壮大民营经济，发展支柱产业，比如高效农业、农产品深加工、传统手工业、乡村旅游、文化娱乐等。向外，引进优秀企业、工商业主进驻张庄。总书记来了以后，外界对张庄的关注度很高，张庄成了‘网红村’，这极有利于张庄招商引资，但如何把张庄变成一个投资洼地，让外面的企业、外面的钱进得来、留得住，取决于我们的‘内功’做得到家不到家，取决于张庄的投资环境好不好，咱手里没把米，叫鸡也不来。

“这里面，‘人’是个关键因素，取决于人的思想观念、行为方式的改变。下一步我们将依靠党建引领、产业支撑、政策助力、美丽乡村建设、基础公共文化拉动等措施，来改善‘软’‘硬’两个环境。而要把这些好事办好，说到底，秘诀就在总书记‘实事求是、因地制宜、分类指导、精准扶贫’的重要指示里，就在‘亲民爱民、艰苦奋斗、科学求实、迎难而上、无私奉献’的焦裕禄精神里。”

申学风一口气说出了自己胸中的蓝图。有目标，有方向，还有方法，纲举目张，土洋结合。面对成竹在胸的申学风，蔡松涛心里有了底，看到了张庄的希望之所在。

“但是，现实情况您也是知道的，张庄自我造血功能太弱了，需要一定的政策支持和外部力量的扶持，当然，我们这不是‘等靠要’，主要是为了增强自我造血功能。”

蔡松涛暗想，这才是你申学风今天来的重点。一个“但是”，转折何其精彩。很好，知道争取政策，说明真想干出点事。

蔡松涛这么思忖着，但他没有说出来。

临了，他扔给申学风一句话：“让上头扶持可以，但你要想清楚了，你们能干出什么让上头满意的事情来。上头可是盯着张庄的，省里、市里都盯着张庄，这趟车你们能不能赶上，取决于张庄村的‘火车头’，甚至说就取决于你申学风，你们要赶不上这趟车，张庄可能就再也没有未来了，那你就是张庄的罪人。”

蔡松涛给申学风撂了重话，他不忘给申学风加压。要啥我给啥，但我绝对不会让你来当个太平官，不会让你们“好受”。

从蔡松涛办公室出来，申学风整个脑袋都大了，腿像灌了铅，沉重得要命，他的压力太大了，他怀疑自己还能不能支撑起这副担子。

应当说，这几年张庄确实遇到了不少好事，也办成了不少实事，可是好果子不好吃，这种滋味只有申学风感受最深，村支两委班子也感受到了来自上头的压力。

压力也是动力。

“幸福是奋斗出来的”，不是从天上掉下来的，不是人家白给你的。是有那么个大桃子，但你得跳起来才能摘到。

申学风每次到上头开会，都会被安排“吃小灶”。他明白，这是对张庄的重视，也是无形的压力。蔡松涛每次在肯定张庄的同时，不忘给他压担子、抽鞭子，敲打他。他和村干部们干得再辛苦，哪怕一刻也不停歇，没日没夜地干，蔡松涛似乎永远都不满意。申学风觉得自己跑得很快了，可他们还嫌他不够快，他们要他急行军、强行军，他们要把他这个村干部逼到“绝路”上，这叫鞭打快牛！

申学风要走一步硬棋，将卒子顶过楚河汉界去，进得退不得。村支两委召开会议，他把严峻的形势告诉大家。申学风严肃地说：张庄不能再像老和尚的帽子——平不塌，必须兑现对总书记的承诺。上头盯着咱，老百姓看着咱，当着县委书记、省委书记的面，我把话可都讲了，咱们自己给总书记说三年脱贫没问题，上头也很支持。这回必须抓住机遇，一鼓作气在张庄弄出点动静来，只许成功不许失败，像焦裕禄当年那样“拼了老命大干一场”！成功了，张庄闯出一条新路子，里外都光彩。失败了，群众要骂娘，上头我也交代不了，反正我是没脸在张庄抬起头来。

这回，申学风没有上纲上线，说出来的都是掷地有声的大白话。

接下来，一场关于“张庄怎么办”的大讨论在全村干部和群众中轰轰烈烈地展开，紧接着的是讨论逐年分解的具体脱困目标。这个目标显示，到2016年底，全村人均收入要达到9000元以上，村集体收入要达到40万元以上，贫困户要减少到5户以下，全村整体实现脱贫。

时任中国证监会驻张庄村第一书记孙兴文讲得很动情。他说，张庄贫穷是事实，张庄基础薄弱也是事实，但从另一个方面也说明咱们张庄发展空间大、潜力大。国家扶贫攻坚形势日新月异，大家要跳出张庄看张庄，跳出张庄看发展。张庄是大有希望的，关键是必须冲出贫困文化心态的樊笼，形成积极的有利于发展的“软”“硬”环境，从根本上改变过去长期束缚我们的思维定式和发展模式。

平时秀气文雅的驻村工作队队长庄艳斐这会也像个“女汉子”：张庄穷，但张庄有人可依。张庄3000号人调动起来啥事不能干？焦裕禄精神就是我们的法宝，坚持一个路线，就是群众路线。张庄的干部和群众，绝大多数懂张庄、爱张庄，尤其对张庄摆脱困境、奔向小康有着发自内心的热切期望，这种求变、求发展的心态，不正是一股充满生机的动力吗？不正是一种取之不尽、用之不竭的精神能源吗？谁看不到这一点，谁就没有发言权，谁就找不到张庄发展的内在动力。

干部们掏心窝子的话，赢得一片长久而又热烈的掌声。大家说，这届干部准能带着大伙为张庄争口气。

在“一切为了张庄，一切依靠群众，一切从实际出发”的共识下，村支两委提出了“党建引领、产业筑基、政策助力、旅游带动”的发展路子，并特别强调了在处理改革与发展问题上重点要把握好三个方面：

在扶贫攻坚过程中坚持一个“引”字——以党建为引领，构筑本村发展的综合服务平台，以党建破解脱贫难题，激发各级党员干部参与扶贫、广大贫困群众主动脱贫奔小康的内在动力。

在发展路子上求一个“特”字——力争形成独具张庄特色的发展格局，用市场的办法、市场的优势进行产业结构调整，通过增强造血功能，促进经济和社会发展的可持续性。

在治理机制上重一个“导”字——改善单纯依靠行政命令推动工作的习惯，坚持以人为本，运用市场法则和利益驱动原则，建立具有正确导向的激励措施，通过乡风文明建设促进人们行为方式的转变，引导社会矛盾得到合理解决。

一个“引”字，一个“特”字，一个“导”字，摸准了张庄未来发展的脉搏。

还有一条，申学风心里很明白，但他没有说透，他只说到“这回要抓住机遇”这个份上，他顶多更进一步说到“这趟车若赶不上，张庄可能就再也没有未来了”的份上。他明白，一个小小的内陆地区的村庄，不临海不沿路不靠近大城市，在没有政府参与和支持的情况下，要想完全靠自己的力量走出一条独特的发展之路，几乎不可能。学者们的论证是一回事，纯实践者闷着头干是另一回事，但在现行经济体制下，纯理论或纯实践者，他们都难以完成哪怕是一个村庄发展道路的试验。能够完成这样的试验的，是各级政府官员，是政府对各种资源的整合和配置。如果权能为民所用，如果这些官员们具有高度的政治责任感和创新思维，以及科学的态度，他们是可以完成理论与实践相结合的最有利的一群人。在申学风的认知里，蔡松涛是具备这样素质的人，是想干出点事的人，坝头乡党委书记宋鹏也是这样的人。而现在，他看到了某种机遇正在到来，自从习近平总书记来到张庄，自从各级政府的领导们一拨接一拨地来到张庄，他看到了这个机会，看到“这趟车”正在驶来。不得不说申学风是一位实干、精明而又颇具前瞻性的村支部书记，不得不说张庄是幸运的。

按照上级领导的指示，张庄根据培育特色产业体系、带动农户就业增收、增加新的经济活力和新的经济增长点的思路，在驻村第一书记、驻村工作队、包村干部和村支两委经过多轮调研和商议的基础上，突出绿色、生态、文化，出台了一个创建“两园四基地”的发展规划。

“两园”是：150 亩的小杂果采摘园、8 座高标准温室草莓采摘园。

“四基地”是：以焦裕禄精神为主线的红色文化基地，包括四面红旗馆、焦林念园、焦裕禄精神教育体验等；以民宿、农家院为特色的乡村旅游基地；300 亩“公司＋农户＋市场”的新型蜜瓜种植基地；张庄手工布鞋和奥吉特就业增收基地。

“两园四基地”的蓝图谈不上宏伟高大，它就是在张庄这“一亩三分地上”围绕张庄的本土特色做文章，是从“张庄有什么，张庄能做什么，张庄能发展什么”的实际出发的一个深谋远虑的布局。对一个村庄来说，这已经是一个很了不起的“战略”了，它需要有“不畏浮云遮望眼”的前瞻眼光、开放胸怀，需要有实事求是、尊重规律的科学态度，更需要一心一意为村民办事的强烈意愿和脚踏实地的实干精神。幸运的是，张庄聚拢着这么一帮人。

申学风看到并且见证了，上面先后派来几任第一书记，都是顶呱呱的配置，这让张庄的发展如虎添翼。从程远飞，到证监会派下来的孙兴文、王卫、王晓楠，虽然性格、思维方式、行事风格各有不同，但他们的知识结构、能力素质，个个都是出类拔萃，他们的前瞻思维、开放理念为张庄这个曾经封闭的村庄带来了一股新的风气，他们的公关协调能力和调动资源的能力，为张庄办成了许多过去想都不敢想的大事、好事、实事。

还有，驻村工作队队长庄艳斐、包村干部王波涛都极有责任感、使命感，他们都把张庄当成自己的家，对张庄的工作十分操心，对张庄的情况更是了如指掌，为张庄支了很多招，办了很多事。还有，村支两委干部，都有出色的表现，从资格较老的副支书冯二国，到新上任的村委副主任李红建，村会计游国际，村委委员文抓智、陈何涛，妇联主任刘艳梅等，他们是村民选出来的干部，也是清一色的“拼命三郎”，在钱少事多责任大的情况下，他们任劳任怨，从不挑肥拣瘦，一帮人围绕张庄发展“一盘棋”，把一部“协奏曲”演奏得十分和谐、优美，虽然他们的知识结构、能力层次不是很高，甚至看起来还有些“土”，但他们懂张庄、爱张庄，能为张庄百姓的利益牺牲个人利益，能为张庄的发展出力流汗、不计代价。每每谈到这些，申学风说，所有这些，就是张庄向贫困说“不”、打赢脱贫攻坚战的底气所在，是张庄干事创业谋发展的依靠所在。他说，在张庄，人人都是增长点。

村支书拆了自家的厂

在张庄，干部是吃亏吃出来的，并且还得善吃亏、常吃亏、肯吃亏。干部能吃亏大家就听你的，如果抱着自己的小九九来当这个干部，群众是不会买账的。

就拿申学风来说吧，任村支书之前，家里有个开了 20 年的预制板厂，早些年也是全乡的明星企业、纳税大户，由儿子、儿媳打理。申学风家是个大家庭，老老少少总共 8 口人吃饭，全家的开销全靠这个厂子，厂里还养活十几个农民工，其中安置 8 个贫困户就业。2017 年坝头乡打造兰考后花园，张庄村又重点发展乡村旅游业，他的预制板厂与全村的产业发展布局不符合。他任村支书后，有群众就说了，村里发展乡村旅游好是好，可支书家还开着预制板厂呢！申学风想，这个群众说得对呀，作为支书，你号召大家发展文化旅游业，发展生态型经济，可你自己还在开着规模小、工艺差、不符合当地产业政策和产业布局的“小三乱”企业，这说得过去吗？人家当面如果顶你一句“你咋这样哩，你还是支书呢”，看你脸上挂不挂得住？

申学风二话不说，回到家里就开了个家庭会议，决定把厂子关了。

妻子一听当真要关厂子，急了：“咱厂子又不冒烟不污染，人家的厂子都还在开着呢，就你积极，关了，一家老小吃啥？”

申学风坚持着：“不冒烟也是‘小三乱’。你看人家？人家还看着咱哩，咱家得先拆，谁叫我是党员。”

“过去咱这企业不还是乡里的香饽饽吗？领导视察可都来咱这儿看。”

“过去是过去，时代不一样了，现在叫绿水青山就是金山银山，知道吗？这事没得商量了。”

拆厂子那天，正在厂子里务工的贫困户都难过得掉了眼泪。

当了20多年的村支委、副支书，3年村支书，申学风最为了解张庄的农民，像中国所有地方的农民一样，他们身上有自私、偏狭、斤斤计较的一面，也有本真、善良、慷慨无私的一面。但有一条不可否认，张庄人对这个执政党有着真实的、朴素的感情，对这个党，他们可能谈不出多少“高大上”的理论，他们的思想境界也不一定很高，但知道感恩是他们最朴素的品质。习近平总书记就称赞他们“多么质朴，多么知道感恩”，他们感恩焦裕禄让他们吃了饱饭，也感恩习总书记让他们摆脱了贫困。

这里家家户户都悬挂着习总书记的肖像和访贫问苦的大幅照片，我采访过的许多贫困户，他们有句口头禅就是“感谢党，感谢政府”，从他们的眼神和表情里，我能看出来这种感恩是发自内心的，也可以说他们的觉悟甚至高出一些党员干部。这里面有焦裕禄为他们留下的宝贵的精神遗产，也有村支部坚持不懈、一以贯之抓党建、促脱贫、促发展的实践。

党性教育体系化，修好共产党人的“心学”，在张庄是一门必修课。“党”字在张庄每个共产党员的心灵深处都打着烙印。

村支部大院图

走进张庄村支部大院，只见大门口“永远跟党走，共筑张庄梦”的大红标语赫然醒目。河南省委办公厅的一份调研报告在总结这几年张庄的变化时写道：“坚持将提升组织力和突出政治功能相结合，农村基层党组织领导作用持续强化，组织群众宣传群众凝聚群众服务群众职能不断增强。”这可谓是对张庄村抓党建促经济的有力肯定。

过去，村里党员干部的群众观念不强，在涉及群众利益问题上，不敢为群众说话，不愿为群众办事。张庄村不是空洞的说教，而是注重利用焦裕禄这个家喻户晓的时代典范，组织党员干部到“焦桐”树下、焦裕禄纪念馆，到四面红旗馆，到“焦林”里，感受焦裕禄一心为民的公仆情怀，体验焦裕禄“拼上老命大干一场”的艰苦创业精神，并融入“三严三实”和“两学一做”专题教育，打造张庄的党性教育高地。

“老百姓是天，老百姓是地。老百姓心里有杆秤，知道你是重还是轻；老百姓就像一面镜，知道你是浊还是清……”当“梦里张庄艺术团”演出的豫剧《焦裕禄》在舞台上唱响，全场观众在掌声和泪水的交织中，在历史和现实的融通中，灵魂受到触动，思想得到洗礼，纷纷表示这是一次感人至深、入脑入心的“补钙加油”教育。“一台戏胜过十次党性教育课”，这是张庄村党员干部的共同心声。

用制度管人管事，实行“四议两公开”，确定每月第一个星期四为“固定党日”，抓实“5＋N”活动（即重温入党誓词、诵读经典、过集体政治生日、足额交纳当月党费、开展志愿者服务，结合活动主题开展N项活动），村里党员虽然年龄偏大，但每次固定党日都来得特别早，积极性非常高。

“现在俺村的党员人人有劲头，个个争先锋，村干部说个话、安排个事儿，不用扯脖子吆喝，群众都听，干个事很利索。”申支书自信地说。

在这儿，我还发现了一个有趣的现象，不光是党员，普通群众也有很强的“党性”，这实际上是一种集体记忆和集体荣誉感。当这种荣誉感属于一个村集体所有时，它便成为一种文明，便能够转化为一种集体的力量，进而体现在每个村民自觉的行动中，自觉地承担起相应的责任和义务。张庄村群众积极向党组织靠拢，全村写入党申请书的积极分子已达60多人。村支两委换届，群众热情非常高，积极参与竞争村干部，都想为村民做事。

虽然兰考县扶贫工作已进入全面攻坚阶段，但因张庄村起步晚、发展慢，干部群众没有找到合适的发展方向，自我发展能力弱，出现诸多问题，比如项目建设、产业发展基本没有进展，土地流转不顺利，民俗文化发掘不深，农村空心化进程加快，种养殖户议价能力弱，等等。村支两委经过商议，结合村里的产业发展规划，探索出一个“1＋1＋1＋N”的模式，即“1名干部＋1名老党员＋1名入党积极分子＋N个贫困户”，干部和老党员把经验传授给入党积极分子，也给入党积极分子压担子，一个小组定向帮扶N个困难家庭。张庄开展党员承诺制，党员帮扶，设岗定责，激励党员亮身份、争作为，要求全体党员佩戴党徽，每一户党员家庭都张贴“共产党员家庭”门牌，让党员带头热爱集体、带头脱贫致富、带头美化环境、带头弘扬正气，构筑适合本村发展的综合服务平台，带领群众发展乡村民俗旅游、建大棚种蜜瓜、引入和培育新的经济发展模式，最终实现脱贫。例如蜜瓜种植示范户，你得把村上种植蜜瓜的农户组织起来，把不敢种植或者还在观望的农户动员起来，给他们传授技术和管理经验，并且承担“传帮带”的责任，年底则作为村干部考核的一项重要内容，开村民代表大会时，村民说你传得不好，帮得不到位，那你这个干部就会被评为不称职。

李红建组织种植莲藕 600 多亩，带动不少农民增收

由党员干部牵头成立的种植、养殖等各类农业合作社，成为村民脱贫致富的良好载体。村委会会计游国际是入党积极分子，他牵头成立了蜜瓜种植合作社，带动村民发展蜜瓜种植 300 多亩。村委会副主任李红建是莲藕种植示范户，他组织成立的莲藕种植合作社带动了 10 多户农民连片发展莲藕 600 多亩。而对无职党员，张庄也进行设岗定责，分脱贫致富、科技示范、政策明白、环境整洁、村务监督等岗位，每个岗位都有明确标准和要求。做得好的，在党员代表会上表彰奖励；做得不好的，在固定党日活动上，通过批评和自我批评，通过大家的帮助，让你红红

脸、出出汗。这样一来，再没有不拿自己的党员身份当回事的。

党员的先锋模范作用一经激发出来，就迸发出无穷的力量，同时带动了入党积极分子积极向党组织靠拢。张庄村有一支30多人的志愿者服务队，是由无职党员和入党积极分子自愿组成的，义务植树、街道卫生清扫、扶贫政策义务宣传、各类公益捐助活动中都有他们的身影。村民刘和平是入党积极分子，在村干部人手少、工作头绪多的情况下，刘和平自告奋勇为村委会分担工作，村里大小事随叫随到，甚至不叫也到。

党员干部干事创业的激情需要内在动力，也需要外在激励，兰考县在这方面开风气之先，在财政上加大投入，提高村干部的报酬水平，他们不仅要让“马儿跑得快”，还让“马儿吃得好”，内在动力与外在激励相统一。目前，兰考县村党支部书记、村委会主任、其他村干部月工资分别为1500元、1200元、900元，他们计划再次上调村干部工作报酬标准，让村干部有干头、有奔头。全县每半年评选一次“脱贫攻坚”“基层党建”“产业发展”“美丽村庄”红旗村，所在村每评上一面“红旗”，村党支部书记报酬标准每人每月上调500元，其他村干部上调300元，并定期开展复核工作，不符合标准的就要撤销称号，村干部当然也不再享受有关奖励。申学风说，张庄村已经获得了三面红旗，村干部都说，跟着老申干工作，有劲。

“党员不领，水牛掉井”，申学风用焦裕禄的话，强调党员干部的重要性。这话听起来土，理却不糙，它以非常形象的语言说出了“党”在他们心目中的分量，它实际上强调的是党员的先锋模范作用和干部的带头作用。不管是老支书文伟清，还是此时继任的申学风，抑或是副支书冯二国，村会计游国际，入党积极分子、副村主任李红建，他们都把责任作为当党员、干部的一种天经地义的事。他们都知道村干部是天底下事最多、待遇最低、最吃力不讨好的差事。说是在这儿当干部能占便宜，鬼才信，群众把眼睛瞪得核桃样大，你的一举一动都在群众的眼皮子底下。群众一句“你咋这样？你还是个党员哩”，一般党员都受不了这一问，都会因为脸上挂不住而不敢再犯同样的错儿，这比上头的批评，比任何理论都管用。

一次党员会

2018年11月26日，中共中央政治局召开会议，审议《中国共产党农村基层组织工作条例》。会议强调，凡是农村的重要事项和重大问题都要经党组织研究讨论，村级重大事项决策实行“四议两公开”，加强村务监督。

“四议两公开”，即村党组织提议、村支两委会议商议、党员大会审议、村民会议或者村民代表会议决议，决议公开、实施结果公开。在张庄，这个“四议两公开”可是执行得不折不扣，完全彻底。

张庄每月第一个周四开展固定党日活动，村委得把本月村支两委都干了啥事儿，还有啥事儿没干好，给全体党员说一说，让党员们来“说长道短”，无论大伙说得对与不对，都不能生气。

“1+1+1+N”活动中村干部、老党员都带的哪个入党积极分子，带的哪个贫困户，都带他们干出了什么成绩，也要拿出来给大家说一说，谁要是不称职，在固定党日活动中，就难以过关。然后还有每周五晚上的“道德大讲堂”，村里如果有什么“重大事务”或“重要活动”，还要在这个大讲堂上给群众说一说，如果村里有“重大事务”没给群众通报，对不起，群众就敢当面质问村支部书记：“你咋这样，你还是党员哩，制度可是村委自己定出来让群众监督的，说话还算数吗？”

“群众撂出来的话一句一个坑，有时候可噎人了，你还不能生气，这是村‘两委’给他们的权利。”申学风眯缝起眼睛嘿嘿一笑。作为一名党员和村支部书记，他已经习惯了把自己放在群众的放大镜下。

这个村子开会也和别的地方不一样。别的村开会，一般是干部在上面讲，群众在下面听。张庄不是，张庄村的情况是，干部把要说的事儿摆出来就行，然后就交给大伙在下面谈论风生，群众谁想说就说，想说谁就说谁，谁有意见就提，有时候意见不统一，还吵得很凶，但当干部的不能凶，也不能生气，还得站出来回答群众的提问，还得耐心给群众解释。但有一条，一旦集体做出决议了，谁都得执行，在会场上吵得再凶，下来也得执行，即使有十二分的不愿意，也得执行。

为深入理解“党”字在张庄人心灵深处的烙印，体验这里的党员对党的忠诚，我决定参加他们的固定党日活动。

2018 年 7 月的第一个周四，也就是 7 月 5 日中午，一个大热天，张庄村副支书冯二国来叫我，说今天是他们的固定党日，党员们开会，问我参不参加。我立马跟着冯支书一起向村支部走去。到了会议室，我发现不大的会议室里已经吵吵嚷嚷的。张庄村的党员一共 60 来个，除了外出务工的，岁数特别大或身体不好的没有来，我数了数，老老少少有四五十个，有耄耋老人，也有二三十岁的年轻人。驻村第一书记王晓楠、扶贫工作队队长庄艳斐、村支书申学风坐在主席台的位子上，说是主席台，就是面向观众放了三张小方凳，背后墙上是一面党旗和心形的笑脸墙。早来的围着口字形的会议桌坐了一圈，外围一圈是自带小马扎坐着的，最外围靠墙站着一些年轻人，总之把这个小会议室差不多给塞满了。墙角的立式空调呼呼向外冒着白气。

会议开始。第一个议程是重温入党誓词，大家都站起来，面向党旗。申学风说，请大家跟我一起重温入党誓词，请举起右拳，我念一句，大家跟着念一句。

所有党员攥紧拳头，举起右手，面对墙上那面鲜艳的党旗，一字一句地宣誓：“我志愿加入中国共产党，拥护党的纲领……”

那些老党员们，有的已经白发苍苍，有的腰身已直不起来，但他们脸上肃穆的表情，俨然回到了焦裕禄时代那红旗飘飘、激情似火的年代，整个宣誓充满了仪式感。

接下来，第二个议程，在座的党员们谈谈自己的感想。

申学风率先发言，他说得很动情，也很切合农村的工作实际：“习总书记在张庄时指出，要进一步把农村党组织建设成为坚强的战斗堡垒，多渠道地发挥农村党员的先锋模范作用，带领村民一起建设社会主义新农村。结合咱们张庄的实际，就是要抓党建、促发展，解决好思想‘总开关’问题，就是要做好‘五个坚持’，坚持‘三会一课’学习，坚持固定党组织活动，坚持党员亮身份，坚持每周五的‘幸福家园大讲堂’，坚持每天一个小时的义务劳动。”

申学风停顿了一下，说：“对照总书记的教导和焦裕禄精神，我作为张庄的村支部书记和一名党员，应该扪心自问，还有什么困难不能克服？什么挑战不敢面对？什么压力不能承受？我们给总书记表态2020年奔小康，单靠传统的经济发展模式发家致富还不行。小康的标准是每人年纯收入两万多，咱们目前的纯收入是九千多块钱，我们还得再加把劲，还得深挖张庄的潜力，重点是要在产业上发力，要不然人均收入要增加到两万元怎么办到？

到 2020 年实现小康怎么办到？脱贫不是事儿，关键是要奔小康。焦裕禄说‘拼了老命大干一场’，我觉着我们‘拼命’的劲头还不够。咱们党员要带好头，带头发家致富，通过‘1+1+1+N’活动，把普通群众和贫困户带起来，按照总书记所说，帮助贫困群众解决种什么、养什么，算好经济明白账。如果我们自己都弄不明白，我们咋去带领群众致富奔小康？”

我惊异于申学风紧跟时代的政治敏感性。和他交谈时，他不要稿子谈几个小时不成问题，从党的政策，到千头万绪的农村工作，如数家珍，这得益于他长期坚持看报学习及各种场合的历练，也得益于他对农村治理的 20 多年的实践经验。他这个村支书在政治上明白，干事情也接地气。

今年 89 岁已经有 54 年党龄的游文礼坐直身子，嘴角微微嗡动着：“对着党旗一宣誓，我就想起入党时候的场景，心里很激动。那年谢伏瞻书记（时任河南省委书记）来慰问我，瞅着我老伴有病，问我吃没吃上低保，我说我不吃低保，我是党员，党员要有党员的觉悟，低保让给人家吃，给困难户吃。”兴之所至，他还回忆起当年当大队干部时和老书记焦裕禄一起战天斗地除“三害”的情景。

老党员游文超 65 岁了，但声音洪亮，他说：“作为一个老党员，我要为群众做贡献，发挥模范作用，村里有啥活动我不但积极参加，还要号召家里人参加。村里发展乡村游，搞民宿，我第一个响应，今后还要带好这个头。村里安排我负责环境卫生，我只会多干不会少干。”

驻村工作队的党员栗新友有些激动，因为今天刚好他过“政治生日”，他在感言中说：“我是一名新党员，今后还要向在座的老党员老前辈们虚心学习。政治生日是我的人生‘加油站’，我将牢记第一身份，不断创新工作方法，以一个合格的党员面对群众，让群众给咱们党员点赞。”朴实的语言、真挚的情感激起了会议室内一阵热烈的掌声。

活动从一点半开始，开到下午三点时，才到最后一个议程：商议和讨论近期村里的“重大事项”。

申学风清了清略带沙哑的嗓子，直接进入主题：“下面，说个事儿。”现场所有人马上提起精神来。

申学风说的“事儿”，是武警河南省总队在同张庄帮扶结对子活动中，为张庄捐建了8座高标准日光温室，占地30多亩，今天会议要商议的是温室大棚的承包问题，如果暂时无人承包，还将讨论种什么的问题。

这块地是村里从农民手上流转过来的，作为发展集体经济之用。2017年10月，武警河南省总队领导表态要为张庄的产业发展做点贡献，申学风和村支两委成员到山西运城考察后，向武警河南总队提交了一个建樱桃采摘园的计划，武警的领导办事雷厉风行，当年11月份即拍板，并且拨了经费，2018年春即栽上了樱桃苗。

俗话说樱桃好吃树难栽，但在村里的精心打理下，30多亩樱桃苗成活率达到90%以上。然而不幸的是，2018年春，一场“倒春寒”，北方气温骤降，将刚刚萌芽的樱桃树苗几乎全部冻死了。树苗钱加上土地流转及人工等费用，总共损失了十几万。申学风自然觉得没面子，没法给武警河南总队的领导们交代，也无法面对村民。

武警河南总队的领导却说，也不要太内疚，天灾嘛，谁能防得住，再说了，干事情哪有一帆风顺的，你们还有啥想法，尽管提。于是张庄村再次提交了一个建温室大棚、发展高效农业的计划。武警河南总队答应再支持60万元。现在，8座高标准日光温室基本建好了，看看村里谁愿意承包，就在这个党员会上让大家讨论。申学风的意见是建成草莓体验基地，搞采摘，一来增加了集体经济收入，二来带动了人气，拉动消费，有利于乡村旅游业发展。

到了讨论环节，大家低声讨论着，会议室里一阵轻微的骚动。

“是个好项目，想法也不错，我赞成，但是具体怎么个承包法？还有，得先把基础设施整好，下一步种啥都好办。”

第一个发言的是刚从支部书记位子上退下来的文伟清。作为老支书，他最了解村里工作的难处，考虑问题也很有大局意识。

申学风接过老支书的话：“承包的问题，先群众，后干部，先本村，后外村，价格问题，大家也可以在这儿讨论讨论，随后村里出台个办法，公开招租。基础设施很完善，温室标准较高，谁承包，基本不会再往里面投资了。”

老会计文振民说：“种草莓比种果树强，采摘期五六个月。价格上一个棚一万元钱左右好接受。”

申学风解释道：“价格上，主要考虑让利于民，但村里建了棚，也要增加点集体收入。”

接下来，就是大家你一言我一语的发言，闹嚷嚷的，说啥的都有。

“种草莓，咱们村以往也没种过，到底咋样，不好把握。销路咋样，技术、管理能不能跟上，这都得算算账，也不敢说铁定都能挣钱，不能光看见贼花钱，没看见贼挨打。”

“这个事好是好，这回可得弄成，别再像樱桃园，给搞砸了，武警那边咱就没信用了。”

申学风接过话说：“樱桃园那个事儿弄得不美气，作为班长，我有责任，这一回，我们一定吸取教训，多方面考察考察，包括技术、管理、市场。”

……

有赞成的，也有怀疑的，基本都发了言，表达了自己的主张。持怀疑态度的一类，基本代表了多数农民的担心，主要是怕担风险。这也难怪，农民都非常实际，种草莓投入大，又没种过，万一种不好亏本了咋办，再者，能不能引来游客采摘，他们心里也没底。

为打消大家的顾虑，申学风不厌其烦地解释着：“技术和管理，庄队长联系了县农科所来给咱们跟踪指导，村里也准备组织人员外出参观，到其他地方学习成熟的经验。关于采摘体验，我做过一个调研，每年春节来咱村的外地游客上万人，还有‘五一’‘十一’这些节日，晓楠书记还有庄队长也联系过一些旅行社，都可以扩大人气儿。同等价格，群众优先，群众不包干部包，干部带个头，把这个事先干起来。今儿个就是跟大家通个气儿，回去了都给群众宣传宣传。”

申学风说得口干舌燥，大家的承包积极性依然不是很高。看来，张庄走产业化的路子依然有很多的工作要做。然而可喜的是，一些新的思想理念、新生事物，正在涤荡着这片土地。

散会了，党员们一边讨论一边三三两两出了会议室，我看到头发已经花白的老支书文伟清正准备离开，我凑到他跟前，希望他谈谈张庄村脱贫之前的情况。他拉着我的手说了很多，但给我印象最深的是，他说他对不起组织，作为前任支书，没有把这个村带好。说这话时，他眼眶里似有浑浊的老泪滚动。我听到这里眼眶一热，那种感情无以言表，这件事现在回忆起来我仍然很激动。这才是共产党员，这才是党性，这才是今天这个党员会给我上的最重要的一课！

固定党日活动让我看到，科学与民主已经在这里生根发芽。通过党建引领，有事和群众商量，听民声、集民智、聚民力，赢得群众的理解与支持，正在让基层群众自治充满活力，正在让基层党组织变得更加坚强有力。

驻村一日

2016 年 7 月 24 日，是中国证监会驻张庄村第一书记孙兴文任期届满的日子，听说他要走，乡亲们自发地来到村部向这位第一书记道别。村民们拉着孙兴文的手久久不愿松开，要和他们的第一书记再多说几句话。

感情的闸门一打开，就收不住。孙兴文为张庄村办的桩桩好事实事，一件件涌上乡亲们的心头。

“别看他年轻，和他搭帮很愉快，我听他的，他也听我的，俺俩配合可好，感情非常深，俺对兴文，就一个字，服。”提起孙兴文，村支书申学风有些激动，甚至想落泪。“他能和群众打成一片，他来时，村里 210 个建档立卡贫困户他走访个遍，哪家灶头朝哪开，他都一清二楚，群众大小事儿都喜欢找他说，他甚至比我们村干部还能吃苦，这样的年轻人真不多。”

“要不是孙书记，我家奎儿都不想活了，奎儿说，就冲孙书记对俺这么好，俺也得好好活下去。”村民许建奎身患尿毒症几欲轻生，是孙兴文重新点燃了许建奎生活的信心，提起这事儿，许建奎的母亲李兰花浑浊的眼里泛起了泪花。

“孙书记，这一年来在一起搭班子，时间太短了，我们舍不得您走。”村妇联主任刘艳梅激动地说。

“孙书记，你把我们当成亲人，逢年过节都来看我，我太感谢你了，我不愿意你走。”贫困户王文明的母亲王多拉着孙兴文的手，几度哽咽。

“孙书记在我们这受罪了。”

“常回来看看啊孙书记。”

……

一次次握手，一次次拥抱，一声声的叮咛，临别之际，淳朴的乡亲们用粗糙的双手攥紧孙兴文的手久久不愿松开，用他们特有的方式诠释了对这位第一书记深深的感谢。

看着一双双依依不舍的眼睛，孙兴文深鞠一躬感谢乡亲们的厚爱和支持，并表示自己做得还很不够。

“有什么事给我打电话!”“大家都回去吧，我会回来看大家的!”孙兴文眼含泪光，一遍遍回应着送别的乡亲们。

依依惜别的一幕，是孙兴文驻村的无数个日夜换来的。

从接到驻点扶贫通知到离开北京，不到半个月时间，2015 年 7 月 24 日，孙兴文离开证监会机关，以“第一书记”的身份来到了兰考县张庄村。“80 后”的孙兴文，当时对兰考的印象，还停留在风沙、盐碱、内涝三害泛滥的焦裕禄时代，以至于踏上这片土地，才知道“三害”已成为历史。摆在这位“第一书记”面前的是张庄面临的新问题：贫困。村里还有 210 户贫困户没有脱贫，村集体经济为零，村里没有产业项目和工业企业，第二、三产业发展几乎空白，村民收入来源单一。

国家机关业务性工作和农村基层工作完全是两种状态，作为第一书记，不熟悉农村工作显然是不行的。驻村之前，孙兴文是有思想准备的，在工作之余，他买了一大摞关于农村工作的书籍给自己临时补课，阅读了《乡土中国》《中国农民专业合作社运行的民间规则研究》《辽宁省农民专业合作社成长问题研究》《土地承包经营权入股合作社法律制度研究》等有关农业、农村、农民的书籍，为驻村工作预热。

然而，等真正到了村里，看到、听到和经历的一切都与书本上写的和他想象的反差太大，和机关里的工作性质更是判若云泥。于是孙兴文经常背着个包，拿着个记录本，在田间地头、农户家中，同村民拉家常，他想要把这个村的第一手资料捏在手里，印在脑子里。

孙兴文的“民情笔记”忠实地记录了初到张庄村的所见所闻：

2015 年 7 月 26 日　星期日　晴

今天有意早起了一会，争取多转几个地儿，虽然头有点痛，但是还好，不影响正常工作。

起床第一件事照例是去厕所，这里随处可见的旱厕，上厕所要与苍蝇斗，与蛆虫斗，怕嗡嗡乱飞的苍蝇扑到脸上，脚边蛆虫拱啊拱，呵呵……早晨厕所的空气还相对好点，经过一夜的消散，气味已不像白天那么浓烈刺鼻。大早上忍着难闻的臭味上厕所，估计将会是我接下来生活的新常态。

洗漱完毕，没吃早餐就冲出了门。路上想着早去早回，回来再吃也不迟。早上五点半的乡镇街道上已经有了好多人，小商小贩的叫卖声一大早听得很清晰，有卖油条包子的，卖蔬菜水果。此外，还有当街建房的尘土飞扬。

张庄村作为一个行政村，下辖 4 个自然村，分别是官庄、张庄、冯庄和军李寨。官庄和其他三个自然村都不挨着，今天调研的村子就是官庄，它离乡上最近。

太阳还没升高，但走着走着已经有几分热了。由于是第一次独自步行进村，对道路也不清楚，在这里高德地图也不“给力”，导航直接给导到玉米地里，来回打转，幸亏多向老乡打听了几次才没走多少冤枉路。

在刚要进官庄的村道上，猛然遇到一条青蛇，头部有一片红色斑纹，长四五十厘米的样子，非常漂亮。当时它在路边抬头张望，和我对视一会，哧溜一下溜走了，我克制着害怕，猛追两步，任它去了。很多年没见到过蛇了，有点欣喜。

踏进官庄的地界。今天的想法就是在村里溜达，随意走走问问，趁村民还不知道我的身份，以一个局外人的身份，去感性地认识这个村庄。应该说官庄自然村整体建设水平还是比较好的，二层、三层的小楼房不在少数，我觉得整体的富裕程度应该已经超出了贫困的标准。

房子是窥探一个村庄经济发展的窗口。走进村民荆社民的家，他家的三层毛坯房刚刚竖起来，门窗都还没装，房前随意堆放着砖块、砂灰等建筑材料，两辆农用机动三轮车横在一旁。

20 世纪八九十年代，像张庄这样的豫东农村，住房多以红砖青瓦房为主，这十几年来，砖瓦房已经不时兴了，农民新盖的房子都以砖结构混凝土浇筑为主，多是二层或三层小楼房，经济条件差的就只能盖一层。村民们之所以这么热衷于建设这种两层、两层半或者三层的房屋，与村里年轻人结婚有关，谁家小伙子要想找对象，必须有这么一套怎么住也住不完的房子，哪怕全家背上一屁股债。实际上，这样做除了装点门面，毫无用处。然而风俗如此，谁也改变不了。

像荆社民这样的一套房子，毛坯房加装修，投资约 25 万，男孩子找对象，再加上六七万元甚至七八万元的聘金，以及至少要有一辆像样的家庭轿车，这些支出，几十万元出去了，极大地浪费了村民的财富。很多村民为了装面子讲排场，不但多年的积蓄被花个精光，甚至还要还很多年的账。

荆社民家经济条件一般，家里养了 3 头老母猪，13 头小猪。为了给儿子盖这座房子，夫妻俩从春节后开始，自己动手一砖一瓦垒起来，节省建筑队人工费用约 6 万元。但是，天有不测风云，前段时间，他从脚手架上摔了下来，把脚踝摔断了，一下子花去了 4 万多元的医药费，夫妻俩那是一个心疼，荆社民现在还干不了重活，盖了半截儿的毛坯房，就这样像狗牙一样，豁豁牙牙地立在那儿。

农家三件事：起房盖屋，娶媳妇，生孩子，这是一个农民一生的三件大事。生了孩子，还要供孩子上学，念书念出点名堂的，基本不用再操心孩子娶媳妇的“任务”了，念不成的，则又是一轮新的循环。由此来看，农民真不容易，也挺无奈，家家有本难念的经。这也让我知道了外表光鲜的农户，并不一定就不贫困，也可能很贫困，只是为了孩子结婚，也为了孩子们有个奔头，当父母的操碎了心。

从荆社民家出来，进了另一个农家院子。主人姓黄，60 多岁的样子，养了 30 多只羊，一部分是山羊，一部分是绵羊。黄大爷说，山羊市价 10 元一斤，两年产崽三次，绵羊市价 7 元一斤，一年能产崽两次，两种羊各有优缺点，所以都养了十多只。因黄大爷身体不太好，周边也没有空地可以放羊，只能在家圈养，主要是喂玉米和一些草料。农民家庭式养羊是不喂饲料的，因为喂饲料的成本高，反而不划算。今年养羊的行情不好，价格太低，每只羊都要往里贴钱，明年不打算再养了，想着能有什么项目，跟着干点体力活。

聊到一半时，黄大爷的老伴从屋里拄根拐棍出来了。黄大娘身体状况很差，同时患有脑血栓、心脏病、糖尿病，每年的医药费支出大约要 1 万元，因看病开支大，只有在身体感觉非常不舒服时才会吃药，无法保持持续用药。新农村合作医疗对这种慢性病报销比例不高，村镇进行慢性病筛选，黄大娘填单子后也再无音讯。黄大爷对这种应该纳入慢性病补助而拿不到补助的情况比较失望，一遍遍说："这个问题没法说，没人能解决。"

黄大爷在村里还有住房，儿子是建筑工人，每月工资四五千元，一个女儿嫁到外村。黄大爷家的土地已经流转给了一个山羊繁殖企业，流转金按照 1000 斤小麦保护价确定，每亩地每年收入约 1200 元。他比较关心的问题，一是门口的那条路，虽然不是村内的主干道，但确实是村里农业生产生活的一条重要道路，雨天泥泞不堪，俨然是一条河，根本不能走路，车辙足有一扎多深，不利于村庄农业生产，如果能修好这条路，那真是为村里办了一件大好事。二是村庄环境比较差，各种垃圾不及时清理，垃圾箱过少，难以保持村庄整洁。

按照黄大爷指的路，我出村步行 10 分钟到了黄大爷说的那个山羊繁殖基地，远远望去，看样子还在建设中。基地处于沙丘地带，也是号称第一风口的地方，更是当年焦裕禄书记防治风沙的第一站。目前基地北面和西面的院墙已经砌了起来，一溜的红色方砖，南面的院墙正在垒砌，东面的院墙应该最后收尾，因为基地通往村外的道路将要从东门修建。基地里有几个大坑，有台搅拌车，我初到时三轮车正来回运着水泥砂浆，几个建筑师傅站在脚手架上干着活。基地面积约300亩，基本上被杂草覆盖，在杂草丛中一垄垄麦茬伫立着。

在基地靠近东南角的杂草丛中有两位姓孟的大爷手持长鞭在放羊，孟大爷说这群羊有70多只，绵羊居多，山羊大概占三分之一。他们两人是亲兄弟，分别有30多只羊，两群合在一起放牧。孟大爷说羊都聪明得很，知道自己的家，进羊圈时它们就会自动分开，根本无须在羊身上刷油彩做记号。羊群中有一只绵羊尤其高大，羊角弯曲成一个圈。我指着这只羊问他们老哥俩，这只羊还能生小羊吗？他们两人笑话我说这是一只公羊，有三岁多了，是专门用来给母羊配种的，除了自家的羊用，也给别人家的羊配种。

孟家两兄弟家的羊完全是吃青草长大的，不喂一点饲料，真可谓是绿色天然山羊、绵羊，这么优质的羊与速成饲料喂起来的羊一个价格，实在是可惜了。羊羔长大后每只大概能卖到五六百元，不考虑人工成本，全是利润，还是非常可观的。他们每天早上5点准时赶羊出门，八九点钟羊吃饱后赶羊回家吃饭，下午2点钟再出门，直到傍晚6点钟左右回家。老人告诉我说这里是裤裆沙丘，是当年防治风沙的最前沿，也是焦书记防治风沙最先试验成功的地方。孟大爷边走边给我指着远近的大片土地说，原来这地方都是沙丘，基本上不长庄稼，一起风漫天黄沙，路南的庄稼能吹到路北来。老人说现在还能看到沙丘的样子。顺着老人指的几个方向，确实能看到在平原上有几个鼓起来的土包，当年都是要命的沙丘。现在“三害”已经根治，没有了黄沙满天飞，没有了盐碱荒漠戈壁滩，也没有了黄河内涝祸害平原。前几年沙丘上种过槐树、桃树、杨树、石榴树，现在要把石榴树砍掉用来搞养殖。

对于农村土地流转搞养殖，两位老人还是比较支持的，他们家的地也在流转之列，每年拿着流转补贴，再放放羊，也能活动活动筋骨。

但是，两位老人也给我算了一笔账，每人口粮地大概一亩（一亩是一个约数，因为张庄村2900多口人，分为13个村民小组，每个小组的土地固定不变，小组内人员数量是一个动态变化过程，就造成了各小组之间人均土地不等，小组之内每个人土地数量一样），一亩地一半种玉米一半种小麦，收入合计在2300元左右，种子、化肥、农药、翻地、浇水、收割等直接成本约500元，如果自己种地每亩地年收入约1800元。我插话，还有人工成本，功夫钱没算进去哪，土地如果流转出去，把劳力也解放出来了。老人说，农村人，出把力气不能算是成本。算账的过程中老人一直流露出的都是农民对土地的留恋和不舍，依旧希望能够由自己来种，无奈年事已高，体力不支，年轻人也都不愿守着土地混这口饭。孟大爷的儿子是个泥瓦匠，跟着别人承包的工程四处流动，干的是垒墙砌墙抹灰的活，累点吧，每天能挣200多元，一个月也有五六千块钱的收入，大孙子高中毕业，小孙子没读完高中，两人一起去南方打工了。

说话间就已经八点一刻了，羊已经吃饱了，孟家两兄弟一前一后、一带一赶，收羊群一起回家了。

我登上一个沙丘，地皮上杂草茂盛，看来盐碱、风沙、内涝的确已是过去式，永远地留在了焦书记那个时代。现在履行防风护沙任务的主要是杨树，泡桐也很少见了。但杨树这个树种，每到春天，杨絮杨花漫天飞舞，影响空气质量，将来，张庄如果发展乡村旅游，种杨树不是一个好的选择。种泡桐倒是不错，一则可留住当年焦书记治理“三害”的记忆，二来泡桐树材质优良，是制作乐器的上好材料，来之前我已经了解到，兰考有几个村大面积栽种泡桐，已经发展成民族乐器专业村。

离开基地，我没有沿原路返回，而是绕道另外一条小路。太阳已经升得很高了，阳光晒得皮肤生疼，额头已满是汗水，后背也汗湿了，昨天晚上刚洗了澡，现在身上哪哪儿都是黏糊糊的。

走了10多分钟，在路边看到了两个养鸡棚，东西并列、南北延伸，居住的房屋成品字形窝在鸡棚的北侧。房屋比较矮小陈旧，三开间的砖瓦房，呈现出陈旧落后的面貌。主人听见狗叫声，从屋里出来。我作了自我介绍，并请求先参观一下他的鸡棚。主人热情地点头同意。鸡棚长30多米，宽10米左右，并列的4个鸡架，共有1200多只蛋鸡，每天能下1000枚鸡蛋。在接蛋的网架上已经有了很多鸡蛋。我在靠近门口的位置小心翼翼地拿起一只，尚有余温。1200多只母鸡“咕咕咕”叫个不停，突然响起一声公鸡的啼鸣，声音响亮且有穿透力，所有的母鸡瞬间安静了下来。随着公鸡啼叫结束，母鸡又恢复了“咕咕咕”。

养鸡场的主人是一个77岁的老人，姓陈，独自一人照看鸡棚，怕犯忌讳，我没有询问他老伴的事情。老人比较瘦削，精神头很好。他的两个鸡棚，因为今年市场行情不是太好，目前有一个棚空着没养。老人介绍说，买的鸡苗要四个月才能长大下蛋，蛋期约一年，然后淘汰重新开始养小鸡。现在鸡蛋市价行情较低，每枚鸡蛋平均也就3毛6分左右，正常要4毛钱才能有得赚，这段时间养鸡也直往里赔，但是市场价有高有低，总体而言，每年还是能有些赚头。老人还带我到里屋参观了存放着的鸡蛋。开封市的企业会开车来收鸡蛋，按老人这个鸡场的产蛋量，平均每五六天来一次。老人在村中也有房子，儿子跟着建筑队打工，每月工资4500元左右。

拜别陈老伯，我看到一条较新较干净的马路，顺着路我走了进去。在路边有一个肉鸭棚，新建刚半年，主人是一对25岁左右的小夫妻，男的姓刘。小刘讲解说，鸭棚投资10万余元，每年出栏7批，每批5000只，每只的利润是1～2元钱。鸭棚采取的是“公司＋农户”的经营模式，小刘抱怨道，这种模式导致利润弹性空间不高，购买鸭苗、成鸭出售价格都被中间商把控，没有议价的能力，总体来说中间商的原则是不让养殖户赔钱，但也不会有大钱赚。前段时间张庄还有人来他的鸭棚考察，好像也是在新建鸭棚。

回来的路上，我考虑最多的是村容村貌、村庄美化、乡风文明。在村民的意识里，他们认为脏点、乱点没啥，老几辈都是这样过来的。在没有达到比较富裕之前，他们都在忙，可是，他们到底在忙什么呢——我一直在观察并思考着。

已经上午10点多了，太阳晒得身上火辣辣的，早饭是吃不上了，只能等着午饭了。路过东坝头乡的街道，依旧被搞建筑的和过往车辆卷起的扬尘包围。

接下来，兰考县副县长杨志海就这几天驻村工作及生活情况打来电话进行慰问和指导。我向他汇报了这两天的见闻和工作安排。杨县长是证监会派驻兰考县挂职的领导，对张庄的扶贫攻坚格外上心。

下午，我继续入户调研，主要是了解农村养殖情况。一个下午走访了8家养殖户，了解到的情况如下：

张信立，养羊150多只，属返乡大学生，畜牧专业，没找到合适工作，回家养羊。

张和平，养鸡4500多只，属于比较现代化的养殖户，养殖规模也是村里最大的。

魏伟，养羊120只左右。

孟宪志，养羊20多只。

张乐强，养鸡3000多只，原来也养猪，因为行情不好，现在不养了。

韩胜元，养猪大户，养8头老母猪，60～70只小猪，每只老母猪一年下两次猪崽，平均一头猪一天吃6斤饲料，韩胜元说卖6元一斤能保本，现在卖8元一斤，刚卖了1.4万元，一头猪赚四五百元。

黄柏强，养鸡2200只，每天产蛋200斤，产蛋率在95%以上，每斤约9个鸡蛋，目前市场行情不是太好，不到4元一斤，每天能赚100多元。

闫春光，养鸡3000只，2014年3月17日，习总书记视察张庄，到他家慰问，受总书记鼓舞，他准备好好干一场，扩大养殖规模，早日脱贫。

傍晚，根据村干部提供的信息，我对几个贫困户进行了走访。

贫困户王景顺，上有80岁父母，下有未成年的孩子，爱人残疾，自身患有结肠癌。

贫困户王文明，上有90岁爷爷，父亲因病去世，自身患有脉管炎。

比起王景顺和王文明，76岁的游大宝则更为困难。游大宝大名叫游文学，本身是个五保户，在70岁时找了个智障媳妇，之后还生了个儿子，智力也有问题，全家没有啥经济收入，只靠着二亩地、两只羊生活，而且他也基本干不动了，那年他不小心摔折了腿，没钱看病也没人照顾，还是村里花了1万多元给他治好了腿病。如果只是游文学自己，国家补贴的钱就够生活所需了，可是现在花钱的地方多起来，马上儿子就要上学了。中国所有贫困户的毛病和特点都集中体现在他身上了，去他家的时候，我不相信现在居然还有这么穷的家庭。

吃过晚饭，我坐下来将白天进村入户的调研情况和这几天的工作做了一个梳理和总结。干完手头的活，已经是凌晨一点零八分了。从早上五点多出门，中午没有午休，一天的工作时间超过了19个小时，这种工作强度完全是我始料未及的。工作结束后，一天的疲惫忽然消失了，整个人突然轻松了。驻村工作的压力超出了我的想象，这压力来源于政治上的任务压力，村民朋友的殷殷期盼，与村支两委、其他包村驻村同志沟通磨合等问题。一整天，衣服都是湿的，人都是臭的，身上黏黏糊糊的，这种工作态度，我是不是应该有朵小红花，呵呵。

头脑风暴

2015年7月27日　星期一　晴

今天是到张庄村的第四天，按照报到时间来说，应该算是第一天正式上班。按既定安排，今天召开村支两委全体会议。

开始介绍工作前，我见到了村支两委人员的花名册，看到出生年月一栏，心情十分沉重：

文伟清，村党支部书记，1952年6月出生，初中学历。

申学风，党支部副书记，1962年6月出生，高中学历。

文振民，村支部委员、村委委员，兼村委会会计，1953年10月出生，中专学历。

翟茂盛，村委会主任，1949年10月出生，初中学历。

冯二国，村委会副主任，1959年出生，初中学历。

刘艳梅，村委会委员、妇联主任，1970年5月出生，初中学历。

段新昌，村委会委员，1954年10月出生，初中学历。

这个班底，年龄最大的是1949年出生的，今年已经66岁了；最年轻的是1970年出生的，今年45岁。2014年3月17日习总书记在村里考察座谈时，上一任第一书记程远飞用“十个人八个牙”来形容村班子年龄偏大的问题，还是恰如其分的。我陷入了思索，村级党组织要想建设好，解决基层党员和干部队伍老龄化问题已刻不容缓。

一会儿，村支两委人员都到齐了，就张庄村近年来的发展情况以及今后的发展方向大家开始轮流发言，谈自己的想法。作为新兵，这是最直接的头脑风暴，集中精力听，认真记录，应该是我目前最好的选择。

村支书文伟清说：张庄村无工业，无企业。对村庄来说，最好的发展方式就是引进企业。目前村里的养殖、种植都不成规模。村容村貌建设方面，必须马上实施，拖得越久，困难、负担越大。金融扶贫方面，协调资金，引进技术支持，防止市场行情波动，加强瘟疫疾病防治。土地流转已经初有成效，主要是乐农养羊和国泰草莓土地流转项目。村里果蔬种植不成规模，原来种过西红柿，收益不大，没有人种了，需要协调大面积土地流转搞种植才能有成效。

村主任翟茂盛说：群众致富，引进企业并不容易，通过关系，协调引进企业搞农副产品加工，可以解决农村劳动力问题。养殖户的鸡、羊、猪等直接与加工企业联系，减少中间环节，提高农户养殖收益。打井是属于群众看得见、最直观的事，已经向上头申请了打井指标。

文振民发言：目前有乐农公司进来发展养殖，村里组建了合作社，需要以龙头企业成立组织的形式，带头实现规模化。村庄进行了绿化、围墙改造，还需要进行墙壁统一粉刷、路灯安装。土地流转项目就怕时间太短、老板跑路，需要仔细考察，引进想种地、能种好地的企业，参与到村庄发展中来。

冯二国：推进水利建设应该加快步伐，部分未硬化路面要逐步解决。

申学风：我们要用好用活上级的各项支持优惠政策。目前宣传沟通不到位，与村民还存在着隔阂，可以把广播利用起来。另外，优惠贷款、普惠金融政策应落到实处。

刘艳梅：全村49岁以下的妇女约560人，送孩子上学后没有活干，在家里闲着，这部分劳动力应该好好利用起来。原来的坐垫编织效益太低，一天才二三十块钱。看看搞点啥产业，安排富余劳动力就业。

段新昌：目前村里的水浇地问题还没处理，应尽快解决变压器、井井通的问题。

东坝头乡包村干部王波涛发言：我们要思考如何利用品牌资源进行整合、宣传，习总书记到来了，大家都知道，但是没宣传好。工业和集体经济是张庄的短板，这一块应该加强。现在招商引资难，建议保留村南边的建设用地，不能招短命落后企业。农业一直没有变化，原来的大棚种的都是普通大路菜果，没有特色，价值低，价格信息落后，应着手引进高价值特色农业。养殖业总体来说是赚钱的。乡村旅游是发展的重点，养殖业气味太大，建议在南边远一点的地方集中养殖。村容村貌已经有了很大的变化，好看多了，四个自然村整体风貌一致。基础设施涉及修路、安装路灯、绿化。文化广场很好地活跃了村民文化生活，也体现了村里的形象。

大家的发言比较实在，坚持了问题导向，但也都局限于就事论事，缺乏对张庄长远发展的整体规划和深度思考。第一次参加村支两委会议，本来打算以听为主，看到大家都发言了，我忍不住也想说两句，就近几天看到听到的以及所思所想，和大家做个交流：

乡村旅游。时任县长蔡松涛所提的以“乡愁”为主题的乡村旅游，这是我到兰考第一天时，他交给我的一个调研任务，建设方向是将以焦裕禄精神为核心的红色旅游与乡村振兴结合起来。如何发展红色旅游，需要深入调研，多多考察，审慎决策。

养殖业。从走访的情况看出，农村养殖方式非常简单、落后，除了有一家养狐狸，其余都是鸡、鸭、猪、羊，真正具有竞争力的高效养殖业一家都没有。养殖方式的简单落后，也带来了诸如卫生、防疫问题。同时，养殖户们还反映，养殖户抵御风险的能力太差，没有集中大规模的交易市场，农户基本没有议价能力，下一步需要继续摸清张庄及周边村庄的养殖规模和品种，考虑如何建立统一的交易平台、交易市场，统一市场价格，提高养殖户整体谈判能力，打造青草养殖概念，提高养殖品质，提高养殖附加值。

昨天，副县长在电话里说，证监会拨付扶贫款160万元用来建设两个养殖基地，作为村集体产业，以“公司＋农户＋合作社”的方式吸收贫困户自主进行养殖。农户从公司手中得到受孕的母羊和饲料，而农户的责任就是照顾好母羊和小羊。合作社内部如何分配由村里民主决定。目前，杨县长希望推进工作进度，建立养殖基地工程指挥部，建立健全监督报告制度，所有文件留底存档。不可不干，不可错干，发展养殖业不可以污染环境。

基建问题。统筹考虑张庄村基建情况，寻找资金，解决一部分地段道路整修问题。整个张庄村没有路灯，村民晚上七八点钟就睡了，整个村庄一到晚上黑灯瞎火一片，也不利于夜间出行。统筹考虑乡村路灯亮化情况，如果安全消防允许，在现有电线杆上加装路灯，可节省大部分开支。

村庄脏乱差问题。村里村外杂草丛生，柴草乱堆，垃圾乱飞。由于养殖方式落后，畜禽粪便满地，臭气熏天，蚊蝇乱舞，村容村貌堪忧。改变一个村，必须先从村容村貌的改变开始，建议从落实门前三包开始，一方面主动改变脏乱差的生活习惯，另一方面要坚持维护。道路沙尘及时清理，建筑沙土要遮盖拦护。垃圾箱的分布，干道两侧多，村子里面少，垃圾清理不及时，存在面子工程问题。行政村或者乡级层面与保洁公司衔接，将垃圾及时清理，优化垃圾箱布点。

对群众情感投入不够的问题。这次入村，有群众向我反映咱们的干部有友亲厚友的情况。因为评上贫困户确实可以得到一些实惠，群众就反映干部在落实贫困户、低保户及危房改造等政策方面，有不公现象，这是个比较突出的问题。从群众口中，感觉老百姓和咱们村干部中间有隔阂，没有那么亲。这需要我们凡事站在群众立场上想问题、办事情。把贫困的底子弄清，把该做的做扎实，不做扎实很难深入落实扶贫政策。在精准识别上下功夫，我们村要先走一步，走在前列。从村里统筹来考虑，搞实实在在的脱贫。

最后一点，如何激发脱贫的内生动力问题。从了解到的情况看，贫困户主动脱贫意识不强，这也是咱们村的重要问题。天灾人祸、年老体弱、孩子读书上学支出压力大，这是比较突出的真正导致贫穷的原因。这其中，因学致贫属于暂时性贫穷，通过政策帮扶，是可以脱贫的。走访的一些贫困户中，有个最大的特点，就是基本没有劳动能力了，贫困的原因多为年老、疾病。对这些贫困户而言，政策兜底保障是精准脱贫的最后一道防线。

但是，还有一部分贫困户存在“我穷你就要管我”的观念。

这种穷，是因为懒，其“等靠要”思想严重。有个搞养殖的村民就向我反映，政策不应该扶懒汉，不缺胳膊不缺腿的，不干活，活该穷。这个村民话虽然糙，理却不糙。这就给我们提出了一个问题，扶贫扶什么？这就是我们常说的扶贫先扶志。那我们应该怎么来激发这部分人脱贫的内生动力，把他们的积极性给调动起来？

接下来的议程，商议了张庄村乐农养殖项目指挥部的建设问题。全体成员全部赞同。同时提议申学风任指挥长，并确定了指挥部办公室成员，衔接乐农公司项目落地事宜，做好台账、制度上墙、办公设备配置。

裤裆沙丘，是防治风沙的前沿阵地。发展旅游，此处应该大有可为，如果没有随意采砂，保留原始地貌该有多好！但是村里倾向于用此地块招商引资建设工厂。

农家书屋建设事宜，就是否将相关书籍发放给儿童带回家阅读进行了商讨，因图书属于科普类读物，最后决定留在图书馆，不进行发放。

……

散会了，孙兴文仍在思考着：各种项目是否有政策支持？哪些工作可以和乡村整体工作相结合？如何加强班子建设？如何有效发挥合作社功能？这些问题，孙兴文认为最核心的还是班子建设。驻村第一书记驻村一任，能为地方留下些什么？他认为，应该留下一个好班子，一套好的机制，几个好的项目。这是他思考最多的问题。

第一桩任务

到张庄报到的当天，蔡松涛就交给孙兴文一个任务，围绕“乡愁”对张庄村乡村旅游资源进行深入调研，梳理张庄村发展的思路。带着这个课题，孙兴文开始了任职第一书记后的第一个任务。

这个任务，孙兴文做得认真、细致。

焦裕禄当年为什么把张庄作为治理风沙的前沿阵地？

裤裆沙丘是怎么来的？焦林里的树是啥时候栽的？

黄河距离张庄村有多远？张庄村的老房子都是啥时候盖的？

…………

两周时间，孙兴文走访了村里的老党员、老干部，还有村里的耄耋老人。有时他围着村前屋后的老房子东瞅瞅、西看看，有时又顶着酷热在黄河滩上或焦裕禄当年治沙的“裤裆沙丘”上不住地出神，村前村后能转的地方他都转了。

村民们不知道这个驻村第一书记为什么对这些砖头瓦片那么感兴趣，他就是这样扶贫的吗？他们所关心的“钱”的问题为什么他绝口不提？他们读不懂孙兴文。

然而孙兴文读懂了张庄，读懂了张庄的一草一木，读懂了张庄的“乡愁”。

孙兴文后来说，看到村庄不远处仿佛从天上流过的黄河，还有老辈们治理风沙留下来的红色资源，还有庄上连片坐落的老瓦房，让他心头很振奋，让他浮想联翩。但这种浮想联翩交织着历史和现实的深沉思考，并被这个“80后”后生写进了他给县委书记的报告中，也写进了张庄的未来。

他说，张庄虽然穷，但张庄很了不起，张庄村未来可期。他发觉张庄村本身保存较好的老式建筑与20世纪70年代以来新建的各式房屋形成鲜明对比，很好地体现出中原地区农村发展变迁的脉络，也是发展民俗旅游得天独厚的物质基础。张庄村现有三营河、四明河和东方红干渠，稍加改造引黄河水入村，可以形成河水环村的丰富的水系资源，一个村庄有水就有了灵性，有了灵魂。

张庄是焦裕禄书记防风治沙取得成功经验的前沿阵地，是焦裕禄精神的发祥地，蕴含着巨大的精神财富。保存完好的焦裕禄林园和纪念沙丘具有独特的资源禀赋。2014年3月17日，习近平总书记到张庄村走访座谈，为村里带来巨大的影响力和知名度。再结合黄河文化、红色文化感召和蓝天白云的环境载体，以及城市消费群体到农村休闲旅游快速发展的趋势，党员干部学习焦裕禄书记深入农村最基层的体验需要，围绕习总书记提出的“乡愁”意识，张庄村打造集豫东民俗院落、红色精神发掘、绿色乡村资源开发为一体的观光旅游区的思路，清晰地勾勒在孙兴文的脑中。这个大胆的设想把提高农民收入、增加农村就业放在第一位，并结合了张庄村的地理区位、资源禀赋、产业发展、历史文化、民俗风情、农民实际需要等要素。

孙兴文和村支书申学风一商量，两人一拍即合。

然而，一开始，村民并不理解。

“咱这地方穷啊，谁来?”

“上面如果拨钱我就干，不拨钱，那不好办。”

……

村民们的怀疑之情溢于言表。这也难怪，祖祖辈辈在土里刨食的农民从自己切身利益出发，没有什么不对。老房屋改造需要花钱，村民担心花了钱没有人来，短时间内见不到效益。

农民的怀疑和担心给孙兴文提供了新的思考方向。他感到，再好的项目，再好的规划，都必须贴紧农民的利益。作为美丽乡村建设的一部分，张庄民俗旅游项目首先得让家家户户感受到建设的成效，从中得到实惠，他们才会主动投入到美丽乡村的建设中。这个过程中需要充分尊重农民的意愿，体现农民的主体地位，发挥农民的聪明才智。

接下来，孙兴文和村支两委经过讨论，这个以“乡愁”为核心的美丽乡村建设计划得以完善：一是重新修订了方案，让整个方案更具有“可操作性”，其中最重要的是把增加农民就业、增加农民收入作为项目的出发点和最终目标。二是做好顶层设计，规划引领，细化村庄生产、生活、服务等功能区块的定位，合理安排村庄的产业平台、基础设施、农田保护等空间布局，确保一个规划能落地、可实施，即“一张蓝图绘到底，一任接着一任干”。三是根据张庄不同阶段的经济发展状况，采取量力而行、分阶段推进的办法，明确项目计划的时间表和路线图，明确阶段性目标和长远目标，现阶段能做到的要做得漂亮，现阶段不具备条件的，待条件成熟分步实施。四是充分尊重农民意愿，好事办好，听取民众意见，注重运用“4＋2”工作法，着重解决农民最关心、最急迫也最有可能实现的问题。五是注重发挥示范带动作用，试点农户要具有代表性、可复制性、可推广性，并且要发挥乡贤的作用，比如能带动农民致富、推动农村经济发展的党员干部、道德模范、致富能手等。

这份调研报告送到了蔡松涛的手上。蔡松涛看完，非常兴奋。实际上，在交给孙兴文这一任务的时候，甚至在更早，他就已经发现了张庄某种诗情画意和楚楚动人的东西，与生态和文化相关的张庄已经在他的脑海里呼之欲出。只是，他需要认同，需要有人来强化他的思考，最好还有一些与众不同的观点。他知道，科学的决策，如果只有一个声调，那么这个计划一定缺乏科学性和严谨性，不同的声音能够使一个决策更加科学、更加完善。他感到孙兴文在短短两周时间内，对张庄的村情如此了解，这背后一定下足了功夫。报告对张庄统筹发展有十分全面的理念阐释，有清晰的建设路径，有完善的保障体系，还有一些不同于他这个县长的独到视角。总之，他对这份调研报告非常满意，认为非常具有前瞻性和可操作性。

思想敞亮了，思路更加清晰。随着美丽乡村建设的不断深入，招商引资、社会投资、公益捐资、银行融资等多元化渠道，撬动了金融资本、企业资本、民间资本投入乡村旅游、老房改造、商务、农事、民生等项目，融资力度之大，前所未有。

2015 年 8 月，属集体经济性质的兰考县梦里张庄文化发展有限公司成立。

2015 年 8 月 24 日，孙兴文陪同蔡松涛入村指导农村旅游开发工作。对涉及的自然村逐一进行考察，从郑州请来的设计总顾问部小平对村庄以“乡愁”为内容的整体改造进行全方位技术指导。闻副县长统一调度县扶贫办、旅游局发展资金，全速推进张庄旅游试点农院建设，在“十一”前完成一期整改开发事宜。

2015 年 8 月 25 日，孙兴文陪同总设计部小平继续就张庄乡村旅游开发细节进行研究、敲定，确定在 5 天时间内完成地面附着物的清除工作。

与涉及改造的村民逐户进行座谈，以取得他们的理解和配合。经过耐心细致的前期工作，村民完全支持与赞同村庄乡村旅游改造计划。

2015 年 8 月 26 日开始进场清障，按照每人每天 120 元的劳务补偿召集本村年富力强的村民开展清障工作，争取在周六前完成工作。

同一天，孙兴文到开封与省投文开公司朱总、郭总研究旅游发展问题，探讨旅游线路规划、农家乐运营模式管控等事宜。

旅游扶贫战役的第一枪打响了，“梦里张庄”项目开始动工兴建，孙兴文特意拍了一张照片当作留念。村支两委十多个人一起拍了张合照，然后党员干部带头，开始地面附着物清除工作。总体感觉进度还是太慢，需继续增加人手，下午再一次和旅游改造户沟通地面附着物清理事宜。

夕阳西下，孙兴文骑电动车到了黄河边，看黄河水流，看落日彩霞。跑了一天，说了一天，思考了一天，衔接了一天，不知是着急上火，还是工作节奏太快，抑或是天气太热，他鼻子流血了……

暮色降临，回到住处，孙兴文赶紧拿上餐具打了一盒饭。天完全黑了下来，边吃饭边和大象食品公司的宋经理聊公司发展、村庄建设的事情。

窗外秋虫鸣叫，孙兴文已经开始打哈欠了，但他依然打起精神向自来水建设公司监理冯经理请教了一些关于建设监理的相关问题。

2015 年 10 月 10 日，蔡松涛到东坝头乡张庄村进行旅游扶贫工作调研，并在“梦里张庄”建设现场与村民进行座谈。副县长，县扶贫办、旅游局、东坝头乡相关同志陪同调研座谈。蔡松涛高度赞扬了村民提出的石磨面粉、粗布纺织、手工布鞋等好点子、好想法。要求各级政府部门继续支持引导村民进行旅游资源发掘，加强政府贴息扶贫贷款支持，加大村庄基础设施建设力度，大力发展各种旅游配套产业。

到 2015 年底，张庄以红色文化为依托、融入乡土元素的乡村旅游有 30 多户人家陆续开业。

按照“一院一景”的设计理念，“梦里张庄”散发着乡村的味道。村民陈学书家的老房子，经过设计师的手，被改造成古色古香的豫东传统民居；他经营的超市变成 20 世纪 60 年代风格的“农村供销社”，专卖兰考土特产。

张庄特色农产品

村民崔影家，院子里翠绿的竹子成为天然的院墙，原木窗棂让这个院落“乡土味儿”十足，这是崔影家开的乡村茶社，走累了的游客在这里停下脚步，歇歇脚，要一杯茶，沉醉在时光里，那种乡愁就在这里了。那种幸福和安宁，无可替代。

“傍晚时分，上灯了，一点点黄晕的光，烘托出一片安静的夜。没有什么比这个回家的路上的光更让人心生温暖。”这是游客以深情的笔触，对“梦里张庄”乡村游写下的如诗的文字，这些文字已被录入张庄村的精美画册里。

读了这些如诗的文字，孙兴文感动和感慨交织，那些和干部、群众一起奋战的日日夜夜，那些吃过的苦和受过的累，成为他此生最美的记忆之一。这里的记忆，也是他的乡愁……

“绣花” 功夫

刚驻村那会儿，村民对孙兴文这个大机关来的“第一书记”说啥的都有——“还不是下来走走过场，干满就拍屁股走人”。

面对群众的疑虑，孙兴文不急不躁，他告诫自己，精准扶贫需要“绣花”功夫，多一针少一针都不行，群众的心扉是用行动打开的。在房前屋后、田间地头、羊舍猪圈前，孙兴文与村民聊收成，聊致富经，聊看病就医、孩子上学等家长里短，每逢节日，他就买些生活用品，到最需要帮助的贫困户或重病号家里去看看。接触得多了，孙兴文觉得其实村民们都很朴实。比方说，你在谁家吃顿饭，村民就觉得你这个第一书记没架子，都愿意把掏心窝子的话讲给你听。走村入户时，有很多村民会主动问：“孙书记，你看我能干点啥?”孙兴文觉得，村民能这样问，就说明大部分村民是想做点事的，只要想干，就不怕脱不了贫。

村民许建奎，30多岁就患上尿毒症，基本丧失劳动能力，换肾吧，换不起，每周需要到医院做透析，家里上有老下有小，自打患了这个病，家里的顶梁柱就塌了，许建奎思想包袱非常沉重，好几次产生轻生念头。

孙兴文三番五次上门开导他。孙兴文说，现在国家健康扶贫的力度这么大，大病有医疗保险、重特大疾病救助，住院治疗的费用报销比例能达到90%，孩子上学有雨露计划，有困难尽管跟我说，我帮你解决，你要鼓起生活的信心，安心治病，这样才对得起家人。

孙兴文见许建奎还能行动，在时任村主任翟茂盛的配合下，为许建奎在派出所找了个较轻松的工作，每月1800元工资，一来增加了收入，二来让他感到有活着的价值，许建奎这才重新燃起了生活的信心。

孙兴文晚上回到宿舍将了解到的情况归纳整理，对村民致贫的原因进行分析，一户一策制定出帮扶对策。在创业失败、缺资金、缺技术的贫困户闫春光家，在患尿毒症而失去劳动能力的贫困户许建奎家，在老年丧子精神备受打击的李整岁家……那些期盼的眼神像锥子一样刺疼他的心。一方面他有一种无力感，贫困群众太需要帮扶了，他深感一个人的力量很有限，他这个驻村第一书记又能给贫困群众解决多少问题、带来多大的帮助？另一方面他有一种紧迫感，一年时间那么短暂，在自己的任内，他要尽最大努力为这个村多操一份心，多尽一份责，多争取一份支持，为这里的群众多办点事儿。

随着调研的深入，孙兴文和村里的党员干部一起商量研究，听取村民意见，确定了张庄村开展农村工作的“一个思路”和“四个抓手”，即“以金融政策为引领，大力发展民俗旅游，大力发展产业经济，大力发展集体事业”的总体发展思路和“一抓党建，二抓扶贫，三抓集体经济，四抓村民民生问题”的工作抓手。

在走访中，群众反映村干部年龄偏大、“十个人八个牙”问题比较突出，村支书、村委会主任、村会计“三大主干”都在60岁以上，党员干部自我教育“跟不上趟”，年轻人觉得当村干部钱少、事儿多，吃力不讨好，不愿意向党组织靠拢。

为了把群众信任、能干事、想干事的好干部选出来，孙兴文深入群众，了解民情民意。2015年8月，张庄村党支部做了重大调整，申学风同志开始担任张庄村党支部书记。申学风政治素质好、致富能力强，有效地增强了党支部带领贫困群众脱贫致富的能力。

在村支两委的运行上，职责是什么？例会怎么开？重大事项怎么定？……孙兴文通过“三会一课”等方式，提升村支两委工作的严肃性，推动各项村务活动有板有眼地开展起来。村民提出来的困难，他要求村支两委干部毫不犹豫担起来，村务监督委员会要理直气壮地“硬”起来，村里的“重大事项”要在群众眼皮子底下“敞亮”起来。

孙兴文在日志中写道：“感觉身上的担子好重，既要思考什么模式才适合张庄村发展，又要考虑如何才能与村干部达成共识，还要想着怎么样能取得村民的拥护和赞成，还要一遍一遍地问自己，这项工作是否接地气、符合实际，生怕自己一个错误的决定，给村庄发展带来不良后果。”

“一把钥匙开一把锁”。贫困人口致贫原因和面临的突出困难各不相同，有的读不起书，有的看不起病，有的住危房，有的没有劳动能力，有的缺乏启动资金。对此，孙兴文和村支两委成员对全村的常住户进行了拉网式的摸底排查，宣传贫困户的识别标准，挨家挨户地和农户交谈并了解情况，看看有无大额支出，有无实际困难，对每户的详细收支情况进行核算。为了更好地完成工作，孙兴文常常在晚上9点左右等村民回家后才开始访查，回到宿舍已是11点多。

孙兴文和班子成员围绕精准扶贫，特别是在精准识别贫困户方面，工作紧锣密鼓地开展着。

2015年10月30日，召开村支两委会，讨论低保入户调研后再辨识问题和农村合作医疗、社保缴费情况。

2015年11月3日，召开村支两委会议，研究低保问题，逐一讨论每户低保人员是否符合条件。

2015年11月4日，张庄村召开了一次党员大会，议题是全村低保再认定民主评议。

张庄村参会人员27人，其中第一书记1人，县、乡包村干部2人，乡干部2人，普通党员22人。

包村干部王波涛解释低保认定标准。

村支书申学风说明低保认定工作开展情况和民主评议流程。

孙兴文根据村支两委讨论情况，逐一介绍低保入选人员名单，其中91位人员先期进入名单。

接着是民主测评环节。意见反馈结果出来，名单公布后，基本上符合政策走向，但孙兴文提出了两条补充意见。他说，刘艳梅同志虽然是村班子成员，但她的丈夫瘫痪在床，失去劳动能力，孩子还在上学，家庭条件非常差，刘艳梅又忙于村里的工作，没有时间顾家，不能因为艳梅同志是村干部就不能吃低保，所以，她的情况应考虑在内。另外，三组的胡射，家人因癌症去世，孩子在外打工，家里只有他自己，生活不能自理，应该把胡射的情况也考虑进去。

最后，经过唱票，91 户低保名单全票通过。

在总结发言环节，孙兴文说，低保认定自上而下都很重视，应将扶贫工作和低保政策相结合。本次低保认定和原来是否吃过低保没有关系，完全按照新政策来，进行评议、公示，实行动态管理，让应吃低保的都能吃上，家庭条件好的及时清理出去，家庭条件差了的再补进来。从这次低保认定来看，党员同志思想觉悟比较高。申请和实际情况是否一样，大家心里有杆秤，也欢迎大家进行监督，真正做到公平、公开、公正。

2015 年 8 月 27 日，河南证监局一行五人在副县长的陪同下到张庄村进行调研指导扶贫工作，孙兴文考虑到贫困户缺少资金的现实情况，向领导们汇报了张庄村发展总体情况，乡村旅游后续开发、种植、养殖扶贫项目工作进展，以及村庄中长期发展规划。希望借助普惠金融，扶持产业培育，发展集体经济。经与银行沟通，为每个贫困户争取到了 10 万元 3 年期政府全额贴息贷款，解决农家院落改造资金难题。为了打造整体旅游环境，整合旅游资源，张庄村民俗院落改造、焦裕禄精神体验教育基地建设、焦裕禄展览馆建设、生态休闲采摘园建设、无公害蔬菜种植园建设、500 亩观光花园建设得到如火如荼的推进。

焦裕禄精神体验基地

刚进入张庄驻村那会儿，村干部向孙兴文诉苦，村里一点集体经济都没有，每办一分钱的事都要向上级伸手，村干部说话没人听，办事没人跟，处于穷家难当的困境，不但不能为群众提供必要的服务，甚至村干部的工资问题都解决不了，更谈不上基层组织的凝聚力、战斗力。

孙兴文感到一个富裕强大的村集体才能有更大的力量去解决村里的问题，才能带领村民致富奔小康。他考虑最多的是如何以市场化机制，通过发展集体经济增强基层组织的凝聚力。

经过近半年的调研和酝酿，2016 年 3 月，张庄村启动了第一个集体经济项目——“梦里张庄”生态采摘园。这个项目的前身是一个外地老板来此投资的草莓园，后来这从农民手里流转过来的110亩土地几经易手，前几年培育过草莓苗，种过玉米、大麦草，都没见到预期收益。村民对于土地流转的持续性持怀疑态度，部分村民已经有了收回土地单干的想法。为确保农村稳定和农民对土地流转的积极性，孙兴文和张庄村委综合评估了风险和投资回报后，最终拍板由村委会接手该宗土地，着手发展观光采摘园项目。

采摘园想法不错，资金从哪来？孙兴文站出来说："我来打个报告，争取证监会资金扶持。"后来扶贫资金顺利到位，采摘园种上了桃树、杏树、梨树。确定的发展思路是，项目由张庄村委会牵头经营管理，收入主要归集体所有，实现张庄村集体经济零的突破。项目收入扣除土地使用金等必要成本投入后，30%作为留存收益用于园区维护和扩大再生产，15%作为土地增值红利返还出租土地的农户，剩余55%作为村集体财产用于发展村庄集体事业和扶贫事业。

"这个项目的顺利开展，化解了村里积攒的一系列矛盾，拆除了埋在我们心头的一颗定时炸弹。"张庄村党支部书记申学风总结，这是一箭四雕的良性循环发展模式："按照这种收入分配模式，我们就有钱扩大采摘园种植规模，可以吸引更多的人来张庄旅游，村民有了额外分红也愿意流转土地，集体有了钱也好为村民办事。"

孙兴文说，精准扶贫，贵在精准，因地制宜地创造扶贫帮扶体制，缺资金的帮资金，缺技术的要在技术上扶持，产品卖不出去的，就在销路上想办法，以真正解决农民脱贫致富的内生动力问题。

2016年春节前，贫困户文要清养殖的土鸡出现滞销，严重威胁到贫困户的稳定脱贫。孙兴文听说后，现场考察了文要清的土鸡养殖环境，通过注册微店“兰考扶贫土鸡”，把天然、绿色的土鸡养殖过程，制作成精美的 H5 页面和视频，配以朗朗上口的文字，在朋友圈进行推送，并号召同事、亲友转发推广，实实在在当起了农民的“推销员”。

为让客户买得放心、吃得安心，孙兴文挑灯夜战，为张庄土鸡养殖户写了一首朗朗上口的《张庄土鸡赋》，为村民吆喝，为土鸡养殖阐释：

“土鸡土长，生长期长。三月鸡崽，元旦吃香。农家农舍，拒绝助长。没有激素，更无催胀。净重三斤，遛跑健壮。渴饮黄河，饿吃八方。勤时草籽，懒时麦糠。草虫解馋，远离配方。天然绿色，追求健康。红色圣地，安全成长。魅力兰考，焦裕禄乡。土鸡土养，品质保障。”

“互联网＋”机动灵活的销售模式，很快将文要清的滞销土鸡以远高于本地的价格销售一空。

孙兴文说，互联网销售土鸡的事例也使张庄村的干部群众意识到，原来农村的土特产品还能这么卖。贫困户文怀清找到孙兴文，想按照传统手艺酿造香醋，希望做出来也可以在网上销售。孙兴文了解到，以前村子里家家户户都自己酿醋，就和做馍一样熟练，可以酿苹果醋、柿子醋、红薯醋，比现在市场上卖的醋不知道要好多少倍。村民陈学军多次和孙兴文讨论互联网销售莲藕的事情，文要清咨询孙书记是否能在网上卖蜂蜜，村干部也多次和他探讨，村里采摘园的水果是否也可以通过网络卖到北京去。孙兴文就鼓励他们说，“互联网＋”在农村可以做很多事，农民在网上开店直销农产品、线下搞旅游观光早已不是什么新鲜事，有不少敢想敢干的农民甚至闯出了不小的名堂，干出了不小的动静。接入互联网，意味着就此接入了一个巨大的市场网络。孙兴文跟他们说，现在，中央都提出了实施“互联网＋”农产品出村进城工程，太多的事例说明，“互联网＋”最大的机遇在农村，最大的红利也在农村，这张流动着信息和资源的无形之网，恰也是精准扶贫的广阔舞台。

互联网销售土鸡看似是一个比较小的独立事件，但是其示范效应非常明显，村民开始接触一些新鲜事物、新的技术手段、新的销售平台，更重要的是逐渐形成新的发展理念。孙兴文带领村民搭乘“互联网＋农业”快车，尝试销售新模式，激发了村民脱贫的内生动力。

为了把“互联网＋”农民创业这个模式很好地做下去，孙兴文和村委会协调相关企业在张庄村开展互联网创业人才培训，村里建成电商便民服务站，提供代卖、代买以及互联网知识普及等服务，调动大家去学习互联网技术和规律。

“孙书记，俺的猪场今年规模已经达到500头!”任期届满已经离开张庄的孙兴文，收到养猪专业户韩盛元发来的微信，还特意发来照片给孙兴文报喜。

“看到村民靠自己的勤劳和智慧过上好日子，打心里为他们高兴。”孙兴文笑着说。说起这个韩盛元，孙兴文不禁想起当初帮他扩大养殖规模的事来。

老实本分的韩盛元2014年被列入精准扶贫对象。后来，他靠自己的勤劳，干起了养猪行当。

披上衣服、钻进猪圈、给饲料塔里添食儿，这成了他每天早上起床后必做的事。

风大了，就要去猪舍打开保温灯；如果感觉热了，就要给猪舍降温。春夏秋冬，老韩重复着同样的劳动，他养的猪个个膘肥体壮。

依靠自有资金积累，韩盛元养的猪由原来的 20 头、30 头，慢慢发展到上百头。然而，当他的养殖规模扩大到 300 头的时候，资金卡壳了，没有钱给猪买饲料了，老韩急得团团转。

知道情况后，孙兴文问他："为啥不去银行贷点款，周转一下？"

"那可不成，俺一辈子都没贷过款，万一赔了还不上咋办？"韩盛元连连摇头。

孙兴文动员他："国家扶贫政策这么好，贫困户贷款又方便又好贷，政府还给你贴息，等于跟白用一样，你只要保证能还上，我就帮你把款贷出，况且你又有产业，怕啥？"

胆小怕事的韩盛元依然固执已见，宁愿挺着，也不贷款。

总不能眼睁睁看着几百头猪没饲料可喂，孙兴文急忙找来韩盛元的儿子韩林波，做通了韩盛元的工作，并协调农业银行为他办理了 5 万元的扶贫贷款，解除了燃眉之急。2015 年，韩盛元家顺利脱贫，不但还上了贷款，还成为脱贫致富能手，他家的日子正一天一天好起来。老韩说，现在他浑身都是劲，隔三岔五就要给孙兴文打个电话报个喜。

"我感觉时间真是不够用，一桩桩、一件件的事儿排着队在等。"孙兴文卸任时，张庄村已有 184 户贫困户甩掉了穷帽子。

为期一年的驻村帮扶生涯，孙兴文觉得很短暂，他仍有许多规划没有完成，为此感到些许遗憾。他说他与张庄已经结下了难以割舍的情缘，张庄是他的第二故乡，那些亲身经历的生活和感受，是激励、是磨砺，身体和心灵，都渐渐变得强大。

在孙兴文卸任第一书记后，证监会先后派出了王卫、王晓楠担任张庄村第一书记，在已有基础上继续开展帮扶工作，每当他们带来张庄发展变化的消息，孙兴文都异常激动，每当张庄的干部群众向他讲述村里发生的故事，他都非常兴奋。孙兴文表示，离开不是结束，使命仍在继续，希望大家手牵手、肩并肩、心连心，共同把一个新张庄带入新时代。

大货车上的冰冷一夜

中国证监会扶贫办主任总结说，对张庄村的发展，我们一张蓝图绘到底——实现脱贫致富奔小康的目标。“第一书记”帮扶期间，不仅要给予“真金白银”，还要上几个好项目、留下一套好机制、带出一个好班子。“第一书记”要给后进村输血，更要给它建立造血功能，唯有如此，“第一书记”们的使命才算真正完成，才能为贫困村探索出一项包村帮扶的长效发展机制。

驻村第一书记王卫（左）

接棒孙兴文任张庄村第一书记的是证监会市场部的王卫。在证监会机关，我们见到了王卫，33岁的王卫是一个标准的山东大汉，日照人，一米八的个头，一谈到张庄，他立刻变得兴奋起来。村干部都说他原则性强，行事果断，善抓重点，协调能力强，大家都喜欢他直来直去的性格；村民说，王书记这个人想问题办事情能贴着群众的心，啥事说干就干。

张庄的干部群众对一个已经卸任的第一书记念念不忘的好感，来自他们和他的长期相处，来源于王书记在张庄360个日夜的扶贫实践。

日常工作中，他和村支部书记申学风是一对好搭档，两个人虽然年龄悬殊，但他们都有着广阔的思维和坚定的执行力，因而两个人总是心有灵犀，配合默契。

接过脱贫攻坚“接力棒”后，王卫一刻也不敢懈怠：了解村情民意、走访贫困户、梳理致贫原因、制定脱贫清单……不到一个月时间，全村的脱贫状况、产业发展、集体经济的底数已做到了然于胸。王卫告诉我，张庄是个纯农业村，所能依托的资源禀赋是流过村边的那条黄河以及黄河边的5000多亩土地，还有20世纪60年代焦裕禄书记治理风沙在这里留下的红色文化资源。张庄农民的脱贫致富，包括张庄的产业发展，应该也要围绕这些资源禀赋做文章。在和村支两委反复碰撞后，他召集大家开了一个会，把现阶段村里的工作重心放在夯实产业基础、培育集体经济壮大、构建村民脱贫致富的长效机制“三个重点”上。

“相对而言，依靠各方面资助，给村民修好路，架好桥，一些看得见摸得着的设施能够建起来，引进几个好项目也不难，难在帮助村里建一个村民脱贫致富的长效机制，这也正是我们精准扶贫的努力方向和工作重点。”王卫坦言，所谓长效机制就是村里依靠自身的市场化运作就可以实现经济的良性循环，村民不等不靠不要，自己就可以办很多事，比如说自我决策的能力、筹集资金的能力、配置资源的能力、村民的福利方式等，都呈现健康的发展态势。

解决农民的“精神贫困”是扶贫攻坚战役中难爬的坡、必过的坎。脱贫攻坚，不仅要在数字层面实现脱贫，更重要的是在村民精神面貌、村集体经济、产业发展等方面实现“摘帽”。“村里有个贫困户，胳膊、腿好好的，可他宁愿坐在门口晒太阳也不愿劳动，连自己的地都荒着，等着吃政府的救济。我们前去做工作，他说：‘政府让你们来扶贫，你们扶我啥了？’”王卫谈到他在贫困户中见到的一些现象，有些贫困户产生了“日子过不下去有国家兜着”的心态，有的贫困户拒绝脱贫，还有的村民隐瞒收入，怕一旦脱了贫无法再继续享受政策。应该说这种现象不仅张庄存在，在其他地方同样存在，对这类人，精准扶贫该怎样扶？

王卫有他的一套办法。他带领村委会定期评选致富标兵、技能标兵、学习标兵、卫生标兵，脱贫户现身说法，讲习扶贫政策、评议脱贫做法，用积分兑换奖励等，激发村民比、学、赶、帮、超的热情和动力。每月月底，由村干部、村民小组长、贫困户和非贫困户代表组成的评议小组，要到贫困户家中了解生活和工作状况，并根据情况现场打分。勤俭持家、户容户貌、诚实守信、尊老敬老等都是评议内容，做得好的在家门口挂十星级文明户牌子，做得差的在村民评议会上接受大家的帮助，查明原因。得十星级文明户的贫困户还能得积分，凭积分可在“爱心超市”兑换生活用品。

公正透明的评议活动让贫困户有了荣辱意识，长了脱贫致富的志气。“不怕日子苦，就怕墙角蹲。有力气躺着混吃等喝的人，谁都瞧不起!”依靠勤劳的双手已经成为脱贫致富能手的闫春光说。他正开心地把一箱箱鸡蛋装上农用三轮，他说这些鸡蛋将运到村部，装车后发往支持“消费扶贫”的企业。

在和农民的相处与交谈中，王卫发现绝大多数建档立卡贫困户未离开过农村、未离开过农业，发展无资金、无项目、无思路。即使通过精准帮扶使其在短期内完成脱贫，但是从长远来看，许多农户返贫的可能性依然很大。所以，通过集体经济把农户组织起来抱团发展，是建立扶贫长效机制的可行路径。没有集体经济，农村文体卫生、道路水利等公益事业也寸步难行，新农村建设只能停留在口号上。集体经济基础扎实了，产业基础扎实了，“造血功能”自然就会增强。

村支书申学风说，过去他们也想发展村集体经济，也想壮大产业，可是没有本钱，“手里没把米，叫鸡都不来”。王卫书记来了以后，在前任孙书记的基础上，首先把资金卡壳的问题给解决了，给张庄上了很多项目，现在他们村的集体经济、特色产业，都走上了正轨。

王卫告诉我，张庄村一直有小麦、玉米种植和鸡、羊养殖的传统。起初，在制订产业发展规划的时候，确立了发展规模化养殖的长期规划，但是由于农业天然的风险，再加上部分养殖业与村里的乡村旅游、红色旅游战略有冲突，规模化养殖业发展得不是十分顺利。就在他们举步维艰的时候，2016 年 9 月 9 日，证监会党委发布《中国证监会关于发挥资本市场作用服务国家脱贫攻坚战略的意见》，驻村伊始，他们就带领村干部研究政策，由于之前村里一直有证监会挂职的干部，村干部和群众接受程度还是比较高的。于是他们调整了产业发展规划，提出以发展现代高效农业和红色旅游业、乡村旅游业为主导的发展规划。他们大胆提出设想，能否吸引一家拟上市公司来村里投资设厂？因为这种公司一般经营规范、实力雄厚、带动能力强。说干就干！通过证监会里面同事的牵线，王卫带领村支两委干部先后六次赴洛阳，到目标企业进行实地考察、洽谈合作，与县、乡领导一起宣讲证监会扶贫政策，最终将在“新三板”挂牌的奥吉特菌业公司引进到张庄村。2016 年 12 月份，奥吉特公司把注册地迁移到张庄，次年 3 月份，在张庄村投资 1 亿元修建现代化食用菌种植工厂，占地 115 亩。目前现代化的蘑菇生产车间已经建成开工，有 60 座菇房已经投入生产，累计为张庄村解决留守妇女就业 200 多名，后续工厂完全建成后，将进一步带动张庄村及周边产业发展，能够吸收 600 多个农民就地就业。这是证监会扶贫工作在基层开花结果的一个生动注脚。

张庄村智能菇房

驻村期间，王卫发现，有部分农民对土地不再像以前那样执着，有热情了。难道农民们不再热爱土地了吗？不是说土地是农民的命根子吗？王卫思忖，不是农民不热爱土地了，而是随着城市的发展和城镇化进程的加快，使得农民们都走出农村到城市里去打拼了，越来越多的农村人放弃了在农村务农。再者，农村就业难，务农收入低，农民种地就没有了动力。还有一个原因就是农村人口少了，青壮年劳动力都去城里务工，留守的多是老人、妇女和小孩，这部分人种不了地了。这种状况，对于发展集体经济、壮大农村产业无疑十分不利。解决这一问题的出路在哪呢？

他认真研究了2014年中办、国办《关于引导农村土地经营权有序流转发展农业适度规模经营的意见》，《意见》提出，有条件的地方根据农民意愿，可以统一连片整理耕地，将土地折股量化、确权到户，经营所得收益按股分配；也可以引导农民以承包地入股组建土地股份合作组织，通过自营或委托经营等方式发展农业规模经营；允许农民以承包经营权入股发展农业产业化经营。他同时认真研究了2016年出台的《中共中央国务院关于稳步推进农村集体产权制度改革的意见》，文件明确提出要发挥好农村集体经济组织在管理集体资产、开发集体资源、发展集体经济、服务集体成员等方面的功能作用。

接下来，王卫和申学风及村支两委经过商议，把解决问题的钥匙放在土地流转上。通过探索土地流转，盘活利用土地资源，推进农业适度规模经营，促进农业现代化，通过反租倒包、承包入股等形式，发展高效农业。还可以将集体所有的非农建设用地使用权入股、联营，获得土地使用收益。这样就解决了农业效率问题、农民就业问题、农村产业发展问题，将带来“一石三鸟”甚至“一石多鸟”的效果。

2017年，张庄村在保证农户承包权不变、收益增加的前提下，引导农户有序开展土地流转。以集体名义作为承包责任人，流转的土地被集中利用起来，用于发展蜜瓜、莲藕、蘑菇规模种植及家禽养殖、对虾养殖等产业。从土地解放出来的农民，一部分通过反租倒包、承包入股等形式从事规模化经营，不断培育壮大了特色产业体系，一部分成为农业产业工人。农民还可以流入城市，或经商，或做工，拓展了收入渠道，增加了收入。农村集体经济组织能够以所有者的身份参与经营权流转的收益分配，村集体有了自己的企业或股份，壮大了集体组织经济，从而提升了村级组织的凝聚力。农民将土地都流转给村集体和合作社了，他们又能干什么呢？2016年张庄村利用王卫书记从证监会申请的帮扶资金，投资90万元，为村集体建起一座1100平方米的标准化厂房，村集体每年收入租金9万元；还建立了一座储量100吨的冷库，村民可以在工厂务工，每月可增加收入近3000元；利用流转的300多亩土地，村集体建起171座蜜瓜大棚，通过反租倒包、承包入股等形式，让农业企业和经营大户入驻，发展蜜瓜、莲藕种植，鸡、羊和对虾养殖等高效农业。这不仅给村集体带来对外承包的租金和分红收入，还解决了村里富余劳动力的就业。例如村集体拿出60万元作为股份，投入养殖大户张继强的南美白对虾养殖产业中，这一项村里每年有6万元的分红，10年以后60万元本钱村里收回；引进奥吉特菌业公司，并投入160万元作为村集体股份，每年给村集体分红10万元；还投入30万元建成集体观光采摘园。现在，张庄村集体经济这个基础夯得更扎实了，这些看得见摸得着的项目和特色产业，无疑使张庄村“造血”功能更强了。王卫认为，从土地上解放出来的农民坐享土地租金的同时，既可以选择在农业基地为大户打工，也可以选择外出务工，这是促进农民增收的一个有效途径。据不完全统计，2016年甩掉贫困村帽子的张庄村人均年收入达到了9800元左右。

张庄村水产养殖基地

申学风说，现在，通过有序的土地流转，张庄村成立了 11 家各类农业专业合作社，包括生态果园合作社、莲藕种植合作社、南美白对虾养殖合作社、养鸡合作社、养猪合作社等，流转过来的土地大都从事高效农业。这里有个对比，种小麦、玉米传统种植业的农户，人均年收入一般不超过 1800 元；种植大棚蔬菜的人均年收入达到 9000 元；从事蜜瓜种植的，全村 170 多人，春秋两季瓜，人均年收入能达到 15000 元以上。如果从事养殖业，效益还会更高些，比如说，全村养蛋鸡的有 40 多户，人均年收入都超过 5 万元。收入的高低，对比还是很明显的，这就是农业的效率提高了，农民的收入也跟着提高了。还有就业这一块，就近就业的人均年收入超过 17000 元，这个收入比在外面打工挣 20000 元还要划算得多，因为村民能照顾到家庭，还不受罪，所以都愿意就近就业，这在张庄也是一个趋势，外出务工的越来越少，返乡就业、返乡创业的越来越多了。村里建档立卡贫困户大都在村务农，土地流转后的合作经营和规模化经营能够很好地自动惠及贫困户。推动农地合作规模化经营对于精准扶贫的意义，既能立竿见影，又更具长期功效。

此时，我突然想起被多家媒体争相报道的张庄村普惠金融的事。一转入这个话题，科班出身的王卫异常兴奋。他说，普惠金融是政策助力脱贫攻坚，是最具代表性也是给老百姓实惠最多的一项金融政策。在张庄，普惠金融贷款程序简便、速度快。2015 年，农业银行领导到张庄村视察工作，提出创新机制，推进金融扶贫各项工作，张庄村就是普惠金融的一块试验田。长期以来，农民、农村一直存在贷款难、担保难的问题，针对这个问题，在村委会的主导下，县农业银行会同县政府有关部门针对张庄村，以“政府＋信用村＋农户”的贷款模式，在村委会设立了“三农”工作站，为村民贷款提供便利，县政府设立风险基金，为农民贷款提供担保，农民实行三户联保，互相承担连带责任。通过一系列的举措，截至目前，张庄村累计取得农业银行、邮储银行、兰考农商银行无抵押贷款近 1000 万元，其中农户小额信用贷款 512 万元，帮助 154 户农民实现了“致富梦”。这一政策使得一批养殖户如闫春光、翟进喜、张继强、文立超等扩大了养殖规模，帮助村民致富奔小康，助推张庄村养殖、种植以及其他各项产业的快速发展。

村里要办的事太多，王卫总是不断地回证监会汇报工作。

所谓汇报工作，其实大多数情况就是申请资金支持，以至于后来同事们只要一看见他回证监会就打趣他，王卫这次肯定又回来要钱了。王卫总是“嘿嘿”一笑，并不否认。连王卫自己在他的离职发言中都说：“证监会党委是我的坚强后盾，证监会就是我的娘家人，让我倍感温暖。”

张庄的村干部反映，王卫书记这个人敢负责，敢担当，对一些不合理现象，他坚决抵制，毫不迁就。村里对贫困户进行回头看和低保认定，有个农户找到王卫，说他如何如何困难，身有残疾，想让王书记给他申请个低保。王卫对每家每户的情况尤其是贫困户的情况掌握得非常清楚，当即对那位农户说：“你家我去过，你这个不符合规定，你现在住着两层楼，虽说你有点残疾是不错，但你的两个儿子都有劳动能力能挣钱，一个在外打工，一个开着拖拉机，你家达不到低保条件，你有点子得用对地方，好好地发家致富。”

2017 年 3 月，张庄村进行美丽乡村建设，搞民俗旅游，政府有一定的扶持政策。在打造民宿小院的时候，当地政策允许一部分新建户可以先建房后完善手续。村里有一户农民，沿马路有一块基本农田，他想趁机钻空子，以便盖成房子享受政府优惠政策。由于是基本农田，政府一直没批他的手续。他找到王卫书记，说：“我为了响应政府号召，支持咱们张庄的发展，我想在那块地上盖个加工厂，搞第二产业，要求村里给予支持。”王卫之前十分了解这户的情况，当场跟那个户主说：“你不要造点子搞小动作，我知道你的目的是啥，你就是想霸占这块地，据为己有，这块是基本农田，你就不能盖房，你不要打着为张庄发展的旗号来干自己的事，你把精力放在发家致富上行不行。”见自己的“小九九”被戳穿了，那个户主脚底抹油般跑开了。

在驻村扶贫期间，王卫感触最深的就是，只要心怀群众，敬畏百姓，时刻把村民利益放在第一位，就没有什么困难克服不了。作为第一书记可以真正接触到中国最真实的农民，了解农村，为村里的老百姓解决一些实际问题，学习焦裕禄精神，补足精神之钙，这让他倍感自豪。

2016年临近春节，已经是腊月二十几了，张庄农民地里出的、圈里养的，各类农副产品很丰富，产品质量也好。眼见春节要到了，农民想变卖几个钱，过个好年，但由于销售渠道不畅，很多产品积压在农民手里，销不出去，村民那个愁啊！

见此情形，王卫着急起来，一边安慰村民，一边自告奋勇当起了推销员。平时不爱求人的王卫硬着头皮，发动各路人脉资源，给朋友和领导打电话、发微信，说："我是王卫呀，我在张庄驻村扶贫遇到点难题，你们可都得帮帮我呀，帮帮张庄的农民，我们这里有纯散养的柴鸡、柴鸡蛋，有黄河水浇灌的莲藕、大米，还有这里出名的纯手工红薯粉条，地地道道绿色、无污染的产品，过年了给你们弄点年货吧。"就这样，几天下来，竟然有几个单位合着买了张庄村农民20多万元的年货。找到了买家，村支两委干部立即行动起来组织货源，把宰杀好的柴鸡、鸡蛋、莲藕、大米、红薯粉条等装成礼盒，打包装车，王卫亲自押车送往郑州。从张庄出发时已是下午四五点钟，车开到郑州郊区时已经很晚了，由于大货车不让进市区，这些买货的单位又没有仓库，装满货物的车只得在郑州郊区的路边停下来。北方的腊月，夜里气温骤降至零下四五摄氏度，又饿又冻的王卫硬是在货车上守了一夜，一来冻得根本睡不着，二来又担心车上的货被人偷了，带的这一车货还没有拿到钱，如果损失了，咋给老百姓交代？王卫就这样抱着膀子在冰冷的司机房熬了一夜。第二天分卸完货回到张庄，王卫说："昨夜可把我冻坏了。"提起这事，村里的干部群众心里都不好受。申学风说，一个从北京来的机关干部，为群众排忧解难受的这罪，咱们老百姓都不一定受过，这里面体现出来的是一个第一书记的责任心呀。

2017 年 10 月王卫卸任张庄第一书记回到了证监会。国庆节期间，张庄村干部群众听说王卫书记要走了，村民自发组织选了几个代表要去他山东日照的老家去看看他。他们从王卫帮扶下建的那片果园里，摘了成熟的石榴、梨子，还有地里的花生、红薯，开了一个面包车，向日照出发了。王卫见到大老远赶来的乡亲们，非常感动，但他坚持不要乡亲们的东西，他说："农民种点东西不容易，都拿回去，卖几个钱。"申学风说："王书记，这是群众的一片心意，都是地里长的，也没啥好的，您就收下吧。"王卫拗不过，卸下来一袋红薯、一袋花生，其余的他坚持放回车上。申学风后来说，说是去看王书记，结果王书记又是安排大家吃住，又是带大家去看海，连累他花了好多钱。

格莱珉模式落户张庄

王晓楠与贫困户拉家常，她与贫困户亲如一家

从上午一直等到下午三点，还没见到张庄村第一书记王晓楠。我们心里不禁急躁起来，这个第一书记咋这么忙呀，说是上午见面，结果又推到下午，这都几点了？正郁闷着，她抱歉地打来电话，因为在县里给县委书记汇报工作刚结束，得推迟半小时采访。等风尘仆仆地赶回来时，她不好意思地说："抱歉抱歉，让您久等了。这几天有事，心里急，我们张庄小学重建，今个给蔡书记汇报资金进度。哦，我们的亲子教育中心遇到点事，我们能不能直接去那边，边走边聊？"

从王卫手里接过驻村第一书记的王晓楠同样来自证监会，这些天她正为张庄小学重建的资金问题奔波，还引进来几家社会化企业进入张庄，进行智力帮扶。毕业于中南财经政法大学金融专业的硕士研究生王晓楠，有着良好的教育背景，言谈中，知识女性的气质显露无遗。她说话语速比较快，思维敏捷，思路很宽，谈到她所擅长的领域，通常会有一连串的专业术语蹦出来，让人有点跟不上。她谈到普惠金融、尤努斯的格莱珉模式，谈到亲子中心，谈到"保险＋期货＋银行"的扶贫模式，谈到私募基金、社会资本如何进入张庄，还谈到社会企业模式与张庄的产业对接，这些都是她正在做的事情。在农村，这种创新试验的落地，无疑是具有挑战性的，她的眼睛闪着光，我感到了一种有温度的自信。

“保险＋期货＋银行”扶贫模式落户张庄

十九大报告中明确指出，努力让每个孩子都能享有公平而有质量的教育。“有质量”三字，醒目突出，重如千钧，清晰指明了未来教育发展的一大着力点。而对于贫困家庭的子女来说，教育既是他们改变人生命运的重要途径，也是斩断贫困代际传递的重要武器。

顺着王晓楠的话题，我们聊到了智力扶贫、教育扶贫。王晓楠直言不讳地说，在扶贫当中遇到一个很大的问题，就是智力资源如何融入农村，大多数贫困群众文化素质偏低，思想保守，再加上智力扶贫周期长、见效慢，所以农户对智力扶贫实际上并不积极，他们更热衷于真金白银的资金和项目。对此，我们一方面会加大资金支持教育扶贫力度，将义务教育均衡发展工作与脱贫攻坚工作同步规划、实施、考核。小学阶段很重要，在张庄我们首先把小学这个基础打好，先让小学教育更有质量。目前，张庄正在建一所较高标准的小学，我们还计划对接北京及其他地方先进的教育资源，让孩子们不出村就能接受到优质的教育。义务教育这一块见效虽然比较慢，不可能一蹴而就，也不可能一下子就看出成绩，但我们也要坚定地做下去，不能让张庄农民的后代再像他们的父辈一样受苦受穷了。

张庄小学重建，是王晓楠最上心的一件事。

张庄小学位于张庄村幸福路上，这里也是张庄最为繁华的地段。这几年，村里发展乡村旅游如火如荼，每天都有观光的游客、各类参观团路过学校，教学区和旅游区搅在一块，教育和旅游相互影响，教学质量和学生安全都无法得到有效保障。况且原来的学校建筑不达标，义务教育标准化不达标，经过“四议两公开”程序，村里决定新建一所小学，资金由扶贫单位证监会资助。

络绎不绝的参观团

张庄村红色旅游资源比较丰富，前来焦裕禄精神教育基地参观学习的基层干部每天络绎不绝，兰考县委组织部就考虑在张庄建一个基层干部培训学校，同时也顺势拉动张庄的乡村旅游业发展，于是决定将原张庄小学改建成基层干部培训学校。新小学没建成之前，本村学生暂时分流到邻村学习。

王晓楠介绍，基层干部培训学校已经培训了几十期基层干部，每期学员达到上百名，这些学员吃住都在农户的民俗旅馆，村民增加了收入，群众反映都说好。新小学的建设从征地到资金筹措，紧锣密鼓地开展着。

建学校，资金不是一个小数目。对证监会来说，只要是当地合理的需求，都会尽量满足，但这毕竟涉及财政扶贫资金的使用，证监会党委还是比较谨慎的。作为第一书记，王晓楠逐级做工作，从口头沟通，张庄村发函，与东坝头乡党委书记、兰考县县委书记一起到证监会陈述新建学校的必要性和紧迫性，最后到证监会领导实地考察，这期间，顶住了不少压力，遇到了很多困难。证监会领导也比较关切，问新学校建多大规模合适，现在村里的人员都在减少。王晓楠与兰考县教育局及相关领导沟通，县里的意见是，张庄村毕竟是一个明星村，附近村庄的资源以后都会往这里集中，建成一个寄宿式的学校比较合适，可以动员青年老师住下来，把优秀的教师资源吸引过来。最终，证监会拍板资助 1500 万元，帮助张庄村新建一所小学。

王晓楠说，资金问题定下来后，她心头的一块石头落了地，至少签证问题不大了，建设的事交给地方去做，他们更专业，县里和相关部门已经在做招投标手续，一些有承建资质的单位，也做了一些报价，县里来最终决策，现在来看今年（2018 年）9 月份孩子们到新学校去上学应该没问题。

据王晓楠介绍，张庄已经把培育新时代农民列入议事日程。为了提升他们的致富能力，对培训项目进行细化和量化，农民需要什么就培训什么，缺什么就补什么。根据贫困户的需求设置培训科目和开展培训，让贫困户包括非贫困户真正掌握一技之长，真正起到授人以渔的作用。此外，他们还正在着手引进社会企业，把人才引进、人才培训和先进的创业平台结合起来，把智力融入产业，帮助村里搭建一个智力资源、产业资源、金融资源为一体的服务平台。这其实并不容易，这个过程周期长、见效慢，农民一下子看不到效果，不好接受，甚至有农民怀疑他们是不是骗子。这也让她在反思，为什么会这样？所以她目前正在寻找破解办法，需要先落地几个项目，让农民先见到实惠，后面的事就比较好办了。

用“扶智”来扶贫的故事，也在张庄村上演着。

在贫困户王二改从云瓜园承包的蜜瓜大棚里，头茬蜜瓜长势正旺，67岁的人忙得满头是汗。“我从云瓜园承包的瓜棚，公司给我提供种苗、农用物资，手把手地指导技术，技术员每天都要来看看瓜长得咋样，有问题问他们，种出来的瓜云瓜园负责回收，我也没啥风险，把瓜种好我就能收入七八千块。”王二改曾经是认定的贫困户，儿子是智障，王二改凭着从云瓜园学到的蜜瓜种植技术，今年承包了一座大棚，她说，包棚种瓜比务工挣得多。

张庄蜜瓜基地

贫困户的底气，不仅来自真金白银和实物这些看得见的帮扶，还有看不见但更值钱的大棚种植管理技术。云瓜园聘请的专家，天天在各个大棚里手把手、面对面地给农民传授蜜瓜种植管理技术。我们采访时，一尺来高的蜜瓜苗长势喜人，一棵棵瓜秧像哨兵一样被整齐地吊成一排又一排。王二改说，这茬瓜五月底就能上市。那些世世代代只会种植大田作物的农民，也基本学会了如何侍弄这些娇气的蜜瓜，施底肥、控温度、定植、选花、授粉、标记，人人都能独立操作。

王晓楠介绍，张庄村 2016 年已经整体脱贫，5 户没有脱贫的贫困户都是因为家里面有病人没有劳动力，像王二改这样有“造血能力”的贫困户，经过精准帮扶，让他们在精神层面站起来，帮助他们学到安身立命的本事，都会有一份可观的经济收入。后续我们还要加强培训，以免脱贫户二次返贫。

相对于扶智，扶志是一项意识形态工作。在人的脑子里搞建设，就必须因地制宜，灵活把握，需要扶贫干部善于开发好、利用好身边的活教材，要使农民对里面的“道道”真正入脑入心。以张庄的大棚项目为例，如果贫困户自己建大棚，缺资金、没技术，很有可能因为规模小、缺配套设施、信息闭塞等原因挣不到钱；而成立合作社或由农业公司统一经营，再为农户提供技术服务和生产资料，在大伙抱团发展的同时，利用扶贫资金在各方面进行统一规划，为农户提供各种保障，则降低了市场风险，从而让贫困户少了顾虑，有了动力，有志于甩掉穷帽子。

谈到社会企业参与扶贫，王晓楠举了“穷人的银行”——尤努斯的格莱珉模式的例子，怕我没理解她的意思，她拿出纸和笔，一边说一边在纸上画着。

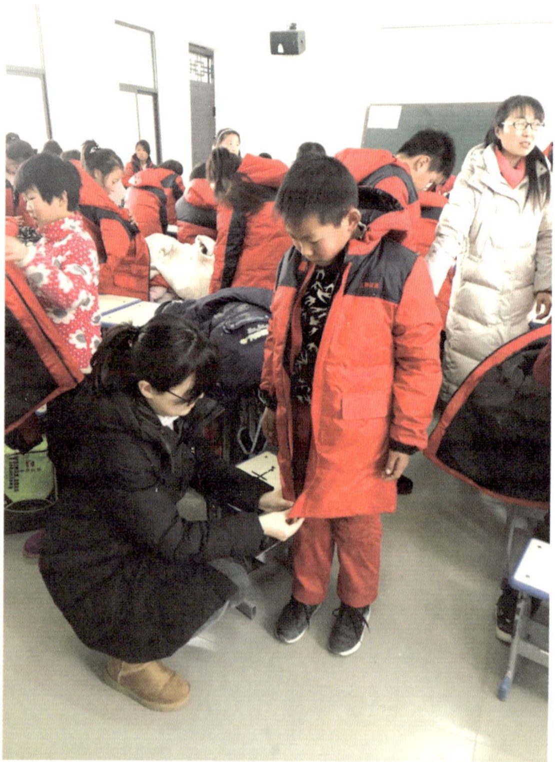

张庄村幸福亲子园

她说，现在村里正在努力成立一个集团公司，下面还有很多项目，项目架构有一些是村里控股的，有一些是参股的，主要以引进社会企业为主。比如说我们现在引进的一个社会企业——北京农家女，公司注册在张庄，税收在这边，它不仅来这儿投资，也很有情怀，把7%的股份无偿捐赠给村里。张庄亲子教育中心就是这个公司下面的一个项目，它以低于市场价的费用来为村民的孩子提供亲子服务，在北京，亲子服务每小时200元，我们这个亲子园每小时10元。前期场地、设施等，全部由他们来完成。亲子中心前几天备案了一个专项基金，社会给张庄的捐款就转到这个专项基金账户里，村里申请，再投到社会企业。社会企业来这儿不图挣钱，其中有公益资金的一个贴补，再营收一部分，保持财务可持续，保本经营，长期发展，解决特定人群的民生问题。王晓楠说，围绕人才培育和民生问题，她着手创办了幸福张庄亲子园、幸福张庄乡村金融小课堂、幸福张庄村民技能提升计划，包括 IT 培训、电商培训、大学生返乡创业培训，都以社会企业运作的模式如火如荼地进行。

幸福家园大讲堂

说着，王晓楠指了指坐在一边的亲子园院长田平平说，平平已经在北京接受过培训了，现在她先过来，做好前期设施建设和铺垫。

王晓楠接着说，我们张庄村引进这个云瓜园其实就具有社会企业的性质，公司通过免费提供优良种子、农用物资给贫困农户，鼓励他们种植蜜瓜，免费邀请农业专家对他们进行培训，同时跟农户签合同以约定价格进行收购，以保证他们的合理利润，同时规定农户在种植蜜瓜的过程中严格按照云瓜园的要求来种，不得使用有害的化肥、农药。在公司运营过程中，尽力为贫困群体，包括残疾人士提供岗位，为社会解决一部分特殊人群的就业问题。当企业积累了一定资金，除了可以拿出相当大一部分比例来支持公益事业，使弱势群体得到更大程度的关怀和帮助外，还可以为其他公益团队提供物资和资金支持，让更多的公益团队成长起来。

市场这只“看不见的手”可以解决一定的社会问题，但是由于存在外部效应、信息不对称等因素，导致市场失灵。20 世纪上半叶，以凯恩斯为代表的经济学家倡导政府干预，但是政府也存在着供给机制失效的问题，在提供公共服务方面有所不足，出现政府失灵。

如何调动周围的人力资源，如何进行商业运作是考验社会企业的一个重要方面。那些被以市场为导向的商业企业家精神视为不利的因素，对于社会企业家来说却成为一种机遇，可以帮助他们从市场失灵的困境中解脱出来，并满足社会的需求。打赢脱贫攻坚战强调在教育、健康、生态等领域补齐基础设施和公共服务短板，激发脱贫内在动力。而这些领域正是致力于解决社会问题的社会企业所聚焦的领域。我们期望，王晓楠书记倡导并践行的社会企业模式早日在张庄落地、生根、开花、结果。

新时期最可爱的人

2018 年 9 月 17 日下午，中国传统节日中秋节前夕，武警河南省总队在张庄村慰问贫困户。

武警河南省总队慰问贫困群众

“家里几口人?”“病情现在稳定吗?”“家庭收入来源是什么?”在贫困户许建奎家，武警河南省总队领导等一行关切地询问许建奎的病情，详细了解他的家庭情况和生活状况。许建奎患有严重的尿毒症，每周需要透析，花去大笔医疗费，两个孩子都在读书，一家人靠妻子在村里打工赚钱，还要照顾丈夫，家庭生活非常困难。

鼓励他们坚定信心，克服困难，安心治病，并叮嘱他们有困难及时反映，依托政府各项帮扶政策和救助措施，早日康复。

“感谢党，感谢政府，该享受的政策俺家都享受到了。”许建奎满脸感激地说。

李整岁是建档立卡贫困户，儿子因病去世，给二位老人带来很大的打击，家里没有劳动力，生活十分困难。周勇仔细询问李整岁身体怎么样，种地没有，家庭收入来源是什么，嘱咐老人要照顾好身体，并将带来的大米、白面、食用油、牛奶、面条等慰问品送到老人家里。

“党和政府没有忘记我们这些贫困户，谢谢你们。”李整岁流下感激的泪水。

一整个下午，周勇一行先后走访慰问了王文明、梁秀阁、李建奎、李整岁等贫困户，给村里 17 户贫困户送去了慰问品。

在接受采访时，周勇说，张庄是武警河南省总队支部连支部一对一帮扶单位，中秋节快要到了，我们来看看张庄的贫困群众。群众可能不一定知道来的是什么人什么单位，但他们能够感受到党和政府的关怀和温暖。进入新时代了，习总书记领导大家共同奔小康，小康路上一个都不能少，武警要有所作为。

在张庄，群众对党有感恩的情结。

“党没有忘记张庄!”

这是张庄的群众打心眼里的话。

你做一点儿事情，张庄人都会和党联系起来，正如武警河南省总队领导所说，群众不一定知道你姓甚名谁，也不一定知道你是哪个单位来的，但他们一定知道你的到来代表着党和政府的关心。无论是许建奎、李整岁，还是王文明，无论是干部还是群众，无论是贫困户还是非贫困户，他们都会把你所做的事情和党的恩情联系起来。

而武警河南省总队的官兵们，用他们的行动和特有的情怀，让张庄人把他们同党的恩情联系了起来，在张庄人的心里，他们是最可爱的人。

武警河南省总队牵手张庄村，还要从总队领导和兰考县领导在党的十九大会议上的讨论和碰撞说起。

徐元鸿和蔡松涛都是党的十九大代表，在十九大会议上，总书记的报告中提出坚决打赢脱贫攻坚战，实施乡村振兴战略，徐元鸿听了以后很振奋。在讨论时，徐元鸿表示，扶贫攻坚，武警要有所作为，敢于担当。兰考是焦裕禄精神的发祥地，也是习总书记的联系点。此前，武警河南省总队在兰考县仪封乡李寨村已经有一个对口帮扶村。徐元鸿找到同时参加会议的蔡松涛，表示扶贫攻坚当中，武警河南省总队希望在兰考县再增加一个定点帮扶村，真心实意参与一个村的扶贫工作。蔡松涛想到了张庄村，虽然张庄已经脱贫了，但还有很多事情要做，比如产业扶贫、教育、医疗等基础都还比较薄弱，加强社会合作，将会使张庄村在奔小康的路上，走得更快一些，为全县带个头。

就这样，武警河南省总队和张庄村手拉手，结成了帮扶对子，在此后的日子里，与村民结下了浓浓的鱼水情。

作为村支部书记，申学风亲眼见证了武警在张庄村所做的一切。一件件，一桩桩，好事都办到了村民的心里——

“武警（河南省总队）办事利索，说干就干，明显的军人作风。他们有个特点，为村里办个好事，还不让记者报道，咱老百姓可都记着哪。

比方说，支部连支部，武警兰考县中队支部和张庄手拉手，官兵们过来参加张庄的固定党日活动，讲党课，我们也到武警中队参观学习，相互交流，学习非常频繁。通过这两年的支部连支部，群众感觉到军民一家亲。武警纪律严明，讲话文明，非常受群众欢迎，在我们村威信非常高。

还比方说，我们这座新盖的村部，两层楼，我们叫党群综合服务中心。这是武警河南总队掏（捐助）了106万建起来的，春节前我们搬进来了。2014年，总书记来到我们村以后，全国各地前来参观学习的人络绎不绝，都想看看总书记当时召开座谈会的地方，我们就把老村部腾了出来，专门作为党的教育实践活动的一个学习基地，供人参观展览，重温总书记在张庄的讲话。这之后，村委办公就挪了好几个地方，在集装箱板房里办过公，在民用空置房里办过公，够艰苦的。武警河南省总队的领导见状，表态为我们援建一座新村部。现在好了，新办公楼各种配套设施齐全，包括远程教育中心、党员活动室、村民技能培训中心、幸福大讲堂等，都挺齐全，这样一来，我们村的阵地建设就加强了。

为活跃群众文化生活，总队文工团来村里搞演出、唱歌、跳舞等文艺会演，群众喜闻乐见。

农村缺医少药，条件有限，有的村民小病能挨就挨过去了，等到大病来了，就难得治了。武警总队领导就说，这样子不行，扶贫就先从改变村民的医疗状况开始。总队医院就经常组织老年医学和内、外科专家组成医疗小分队，把医疗服务送到村里，给群众量血压、量血糖，做B超、心电图，还建档立卡，方便村民接受下一步治疗。总队医院还帮助村里建了个卫生室，设了远程义诊点，群众身体有啥毛病，专家在那头能通过视频给群众瞧病、治疗。村里游文超的老伴腰痛，路都走不了，通过治疗，轻省了不少。郭老太太多年喉咙痛的老毛病也治好了，她说，医生态度好，耐得烦儿，还不收钱，当年的赤脚医生（精神）又回来了。这个事，郭老太太还给电视台的记者说了，上了电视。

还有，武警官兵参加村里的义务劳动，像植树啦，打扫卫生啦，给敬老院老人们理发等，都是家常便饭。还捐了20多万元的医疗器械、学校教学设备，及村民开展文化活动的广场健身器材。晚上散步，到广场上伸伸胳膊拉拉腿，活动活动筋骨，这些设备，都是武警给咱捐的。

这桩桩件件吧，看起来平常，可它很暖心，很感人。

前年（2017年）春上，村里发展集体小杂果采摘园，要在30亩农地里栽樱桃树，当时已经开了春，眼见一天天暖和起来，树木要发芽了，再不种就种不活了。还要给园子打围挡，做基础设施，时间紧、任务重，几个村干部又忙不过来。咋办呢？我就给武警兰考中队的指导员打了个电话，寻求帮助。指导员二话没说，第二天派了几十名战士来了。

活儿一直干到中午十二点多，战士们也不吃中饭，坐上车就要走。我拿起电话给指导员说，这都中午了，让战士们在这吃了饭吧，一顿便饭嘛。指导员在电话里说，不行，部队有部队的纪律，吃了这顿饭，战士们回来要受处分的。以后接连好几天，都是如此，村干部再三挽留，战士们要么自带干粮和水，要么回中队吃饭，硬是没喝村里一口水、没吃村里一顿饭。

去年（2018 年）冬至，村里办饺子宴，武警来帮忙，也特别令人感动。我们为体现孝老爱亲的文化，去年冬至那天，村里举办了第二届饺子宴，给全村的老人们端上一碗热腾腾的饺子。当时全村来了 600 多位老人，最少需要煮 600 多碗饺子。这个事做起来并不那么容易。饺子好吃不好吃，全在馅上。平时吧，每家每户吃饺子，哪弄过这么多。村里好媳妇呀，好婆婆呀，志愿者来了好几十人。但一下子要打 100 多斤饺子馅儿，都不敢下手，怕味道淡了、咸了，掌握不住。

这时候，我灵机一动想起武警炊事班来，上百人的大锅饭对他们来说不是难事。我就给武警兰考中队的指导员打电话，指导员一听非常高兴，就说弘扬孝道文化，这是好事儿，这个事你交给我们，需要几个人，我马上派过去。我说两个就行，但我得提前说了，这回你可得让战士们在这吃了饭再走，这顿饺子不吃不行，你不吃就不是军民一家亲。指导员立即安排了炊事班的两位战士过来。

冬至那天天气非常冷，零下好几摄氏度，滴水成冰，又是在村委会大院里干活，两位武警小战士捋起袖子和面、拌饺子馅，双手冻得像红萝卜，那个场面非常感动人。等包完饺子，饺子下到锅里给老人们端上来，两位小战士又是连碗饺子也不肯吃，开了车就走，大伙拉都拉不住。多好的孩子，真正是不拿群众一针一线！

申支书带着我，在村外平坦的小柏油路上转着聊着，看到了远处一大片白花花的塑料大棚，申支书顺手一指："那一片温室大棚总共 8 个，30 多亩地，属于村里的集体经济，准备种草莓搞采摘，带动乡村旅游。"

申支书说到这，点了根烟，话题转到武警总队帮扶村集体经济上——

武警总队的帮扶当中，村里具体和武警开封支队对接得比较多。2017 年 10 月，开封支队政委来村里调研，座谈当中，政委说，村里的发展看起来还需要产业，你们有什么想法跟我们说说，我们帮忙再扶持一个产业，来拉动村集体经济。

我说，武警支持我们那么多，我们也不能"等靠要"，但是武警如果能够在产业上扶咱们一把，我们就会发展得更快一点。现在的状况是，村集体经济薄弱，村里正准备在焦裕禄体验基地东侧那块 35 亩的集体农地上，搞一个樱桃采摘园。这事说了以后，武警总队领导很快就拍板了，给拨了十几万块钱。

前年 11 月份，樱桃树苗栽上了，结果发生了意外，去年 3 月份下了一场雪，在杏花、桃花、梨花都开的时间，来了一场倒春寒，把刚发芽的樱桃树全冻死了。我感到没面子。去年 5 月份，武警总队又来了几个领导，武警河南省总队来了一位政委，还有开封支队来了政委，领导们的具体名字我也记不清了。当时，我就把这个情况给领导们汇报了。河南总队和开封支队的政委就安慰我，让我不要太自责，天灾嘛。还问我们还有什么想法，他们继续支持。我说我也不敢栽樱桃了，树苗都冻死了。

想到春节时村里的体验基地每天南来北往客流量达到1万多，我有了一个新的思路，大家经过反复商量，决定建温室种草莓，搞采摘。这是因为春节期间石榴等水果都下市了，草莓采摘期有6个月，春节刚好上市，刚好打这个时间差。一来集体经济收入也上来了；二是对我们张庄主打乡村旅游，有一个拉动作用，它有人气儿了。我和村干部商量好以后，给领导汇报了。二位政委说，好，好，我们大力支持，再给你们60万元。所以去年又给我们60万元，建了8座高标准日光温室，十几亩地。

建温室的资金去年7月份到位了，我们加快速度建温室，想赶上8月份种草莓的季节。结果紧赶慢赶，9月份才把温室建好，错过了草莓种植的最好季节。草莓种植一般是在8月10号左右，到8月底必须种上，否则，到来年5月份，水果都上市了，草莓卖不上价。草莓苗很贵，一块钱一棵，每亩地六七千棵，就是六七千块钱。成本这么高，如果错过了黄金季节，我没有把握能挣钱，我咨询了一些农业专家，他们说今年最好别种了，到时候卖不上价，不挣钱。

所以第一年，我不敢冒风险种草莓，但我琢磨，这8个温室的地，不能让它闲着。我们就种了芹菜，是品种很好的线芹，味道脆甜，没有渣。武警河南省总队的领导到温室看了咱种的芹菜长势喜人，很兴奋，就地拔了一棵生芹菜，随手一擦，吃了起来。春节那会儿正好赶上旺市，8棚芹菜，一下子就卖完了。芹菜收割后，村里在温室棚中种了一茬扦插红薯苗。兰考这个地儿是弱碱性土壤，非常适宜种红薯，全县红薯种植非常普遍，红薯苗需求量大，那咱就种红薯苗。每亩地种20万棵苗，3月份到5月份这段时间，每棚红薯苗卖2万多块钱，总共卖了16万多元。

武警总队看到自己扶持的产业有效益了，对我们更有信心了。去年底，我陪着武警河南省总队的几位领导，看完温室大棚的芹菜，接下来开了个座谈会，领导就说，申书记，明年你还有什么想法，看看想做点啥，我们继续支持。实际上，总队的几位处长已经提前打电话和我沟通了，说总队领导要去村里看看，会有一些新的支持，你们村支两委提前商量一下，哪一块需要支持，理出个思路。

在座谈会上，我就对政委说，村里有两个想法：第一个想法是，紧挨着温室旁边，还有一块17.5亩的白地，2019年想把这块白地开发了，建成日光温室，形成规模。以前因为资金问题，这块地就撂在这。第二个呢，河南省有一个三年内绿化面积1000万亩的政策，我们兰考县准备在三年内搞10万亩的绿化树苗，这里面有个补贴政策，树苗成活了以后县里给每亩1000块钱的定金，等于包回收，解决了种树的后顾之忧。2019年，张庄村计划繁育300亩绿化树苗，现在已经栽了一部分，剩余的一部分因为资金问题，被搁置了。

领导们听了汇报，觉得此计划可行，当场表态：建温室大棚，我们再给你60万元；绿化苗圃这一块，我们给20万元。总共又给张庄村80万元人民币的扶持资金。这样，温室大棚和

300 亩苗圃建设就有了着落。

张庄人珍惜武警河南省总队的深情厚谊，这笔钱到了张庄村，申学风满是感激，恨不得一分钱分成两半花。村民们也是打心眼里感到：武警官兵，是新时期最可爱的人。

下　部

会它千顷澄碧 >>

如果你来张庄，会发现有“四大看点”令人难忘：一是它的产业经济，二是党的建设和乡村治理，三是乡村旅游，四是它的乡风文明。前述章节，我们对这个村子抓党建和乡村治理着墨较多，是要表明党建和乡村治理是张庄发生一切改变的前提，它是一个村庄的“总开关”，是这个村庄的灵魂。那么这一部分，我们将把目光投向张庄这块“试验田”里是如何长出产业来的，它是如何生根、发芽、开花、结果的。

对我国贫困地区来说，贫困的状况不一样，发展的方式有很多，但为什么产业扶贫是脱贫的必由之路？经济学家阿马蒂亚·森认为，发展意味着消除贫困。产业扶贫可以帮助贫困地区解决生存和发展问题。在相当长时间内，像张庄这样的内陆不发达地区，靠传统农业一直都没有解决农民的温饱问题，扶贫扶了一茬又一茬，救济式扶贫也不能解决根本问题，而产业扶贫可以使像张庄这样的地方的贫困人群由“输血型”向“造血型”转变，特别是产业扶贫和就业扶贫的深入推进，能促进有劳动能力的人口持续稳定脱贫，国家扶贫资金到了地方上要求将其中70%左右用于产业扶贫。张庄的脱贫攻坚战役中，更是把产业扶贫排在了首位。

从无到有，从少到多，从小到大，短短几年，张庄产业发展的路虽非一帆风顺，但这几年他们抓住了黄金机遇期，快行军，急行军，抢占了先机。虽然它还没形成完整的产业链，农民跟着市场走还需要一个过程，需要常规措施和应急措施并用，但他们的探索有许多可圈可点之处。比如，龙头企业和农民合作社等新型经营主体与贫困户建立合同购销关系，形成市场带动的关系；依托本地农产品资源建立的电商模式形成货物分拣中心的探索，将会吸纳附近的农产品在张庄形成集散地，进而向外辐射，外联全国大市场；还有以利益联结机制为核心，贫困户与现代农业的有机衔接，让企业和农户都成为受益者；等等。诸多方面的有益探索正在释放出越来越强劲的活力。

张庄村蘑菇加工中心

这里所说的产业的活力，其意义在于将会为本村的民众提供一个看外部世界的视角，村民通过务工、合作、参股等形式介入，将产生一种观念上的改变，这实际上比大水漫灌更有意义也更有效率。人的天性总是包含一种“求好”的特性，他们会随着外在环境的改变而调整生存方式，物质的追求只是一种象征。村民中的低收入群体想要更多的经济资源，更好的生活，榜样就在他们的身边。通过吸收先进理念，加上政府资源的扶持和政策激励，除极少数因病或其他原因而丧失劳动能力的人之外，肯上进的贫困农民总会找到突破口，来改变自身的处境。张庄的启示在于，我们不是搞平均主义，不是要把富有的人和贫困人口一起拉低到最小公约数，我们希望的共同富裕，是通过补齐短板，通过协助促进贫困家庭的生产和生活日渐改善来达成。产业扶贫的意义和价值正在于此，而张庄，恰好给了我们一个启迪的窗口。

俺想给总书记捎句话儿

闫春光家

闫春光家的农家小院坐落在村里两条主干道——幸福路和桐花路的交叉口，砖瓦结构的旧式门楼正对幸福路，门口一侧墙上的醒目位置张贴着总书记 2014 年到家里慰问的照片。花砖围着的院落干净整洁，院子中央有一棵枝叶婆娑的树。红砖青瓦的老式房屋已翻修一新，屋里也添置了新家具家电。习总书记的画像就悬挂在客厅正中央，阳光照进来，整个房间亮堂堂的。

村里人说，春光现在不是盖不起楼房，而是把钱都投到产业上了。

这个5口之家2016年已经脱贫了。31岁的闫春光和妻子路思思经营着两个养鸡棚和一个小磨油坊。两个小孩正在上学。奶奶张景枝已经90岁高龄，听力和视力已经不如前几年，腿脚也不方便了，但在孙媳妇儿的悉心照料下，身体还算硬朗。春光明媚，太阳照在院子里，张景枝老人和闫春光不厌其烦地满足游客的合影请求，一遍又一遍地讲述总书记来看望他们的细节。张景枝老人和闫春光现在是“网红”了，百度一下“闫春光”，出来一长串信息，他们的生产生活方式已经被放大，被一遍遍地解读。

这一切变化，是从2014年3月17日开始的。对闫春光一家来说，那是一个不同寻常的日子，从那时起，一家人的命运，一个村子的命运，从此发生根本性的改变。

谈到总书记的关怀，闫春光的话语里充满了掩饰不住的激动。他说，由于不懂技术，2013年我刚办养鸡场就赔了1万多元，家里还有几万元的外债，一时间不知道该怎么办了。那天总书记来到我家，了解我的情况后，亲切地问我下一步的打算，鼓励我好好干，争取早日脱贫。

闫春光的养鸡场

他始终不忘总书记的教育关怀，每天起早贪黑，一边到县里学习养殖技术，一边上网学习管理知识，在他的用心经营下，利用金融扶贫政策拿到了5万元的贴息贷款，并通过村干部联系爱心企业凤凰房地产开发公司为其捐款10万元建起一座标准化鸡棚。养鸡棚里有电动饲料粉碎机、自动上料机、自动除粪机，还有排风扇、水帘降温，基本上不用怎么看管。如今，闫春光一家已有两个养鸡棚，一个养殖3000只鸡，一个养殖10000只鸡，日产红壳蛋1000多斤，除去成本，每月收入近3万元，年纯收入30多万元。蛋也不愁销售了，村里联系了“消费扶贫”的企业，定点过来收购。并且在第一书记王晓楠的帮助下，以“保险＋期货＋银行”的模式，解决了鸡蛋市场波动的后顾之忧，点开手机，就知道当天的鸡蛋行情。

闫春光所说的无息贷款，是兰考县金融扶贫政策中的一项重要内容。对愿意发展产业的贫困户，银行按照基准利率放贷，一年为一个周期，循环使用三年，利息由县财政补贴。“政策好了，贷款也能贷下来了，自己有了产业，银行也敢贷给我，想扩大规模不用为资金问题发愁，现在还用着农业银行和邮政储蓄银行的 40 万元贷款。政府有雨露计划，小孩上学有补贴，一个学生一年补贴 1000 元，合作医疗、贷款贴息，都能享受到。家里的地也流转出去了，现在集中精力养好鸡。”2018 年，他注册了合作社，把村里的养殖户联系到一起，共同致富奔小康。

临着幸福路，他的“春光油坊”也开起来了，开业两个月，就卖了 6 万元。闫春光说：“我结合本村实际，抓住村里发展乡村旅游的机遇，做原生态的芝麻油、芝麻酱、花生油、手工粉条加工，还有本地的特色农产品，原料我们本地都很丰富，芝麻、花生、红薯都是自己生产的，产品都带故事。泡点豆，游客自己体验现磨豆浆、现磨小磨油，磨好了带走，吃着放心。前段时间我到巩义，学习了加工小磨油技术。纯红薯粉条，市场上 15 块钱一斤呢，俺村人都会做。”

“我有个心愿，有机会帮俺给总书记捎句话儿，俺家脱贫了，现在正努力奔小康。”闫春光的话充满了感恩。

闫春光溢于言表的感恩之心，源于从小不堪回首的遭遇。在他 10 岁时，父亲患乙肝去世，不到两年，他的大伯也因乙肝去世。闫春光说，父亲弟兄两个，还有奶奶，都是乙肝病毒携带者。白发人送黑发人，风烛残年的爷爷、奶奶一下子失去两个儿子，顶梁柱塌了，那些年奶奶眼睛都快哭瞎了。当时父亲的病，在兰考、开封、郑州都治过，一直治不好，主要是家里也没有钱，亲戚家借了个遍，到后来基本上放弃了治疗，就这么眼睁睁地看着父亲早早地去了。

当时这个家已经一贫如洗。风雨飘摇的家庭，令 15 岁的闫春光不得不辍学，到建筑工地上打零工。18 岁后到江苏常熟一个电子厂打工。在电子厂干了两年，闫春光不放心家里 80 多岁的爷爷、奶奶，就琢磨着自己干点啥。张庄村素有养鸡的习惯，老辈们也都有点经验，都愿意教他。2008 年他尝试养鸡，第二年用借来的钱，养了 1000 多只鸡，那时候他 21 岁。既没本钱，又缺乏经验的闫春光，不敢养太多，所以养鸡的收入只够维持一家人的生活。那时候也想扩大点规模，到银行贷款，人家见他穷成那样，一无抵押，二无担保，当然也不会贷给他。

雪上加霜的是，2011 年至 2012 年发生了禽流感，养了两批鸡都病死了。算算账，年年赔钱，家里又欠下好几万块钱的外债，闫春光泄气了，接着出门打工。直到 2014 年，他家被定为建档立卡贫困户，总书记来到张庄，给这个苦苦支撑的家庭带来了希望，带来了曙光。

我相信，闫春光并不是个例。像闫春光这样只有初中文化的农民，像闫春光这样的遭遇，在农村还有很多，如果不是精准扶贫的春风劲吹，这个家可能一辈子也难以翻身。能过上现在的日子，他自己说原先都不敢想。

申学风告诉我，现在，村里像闫春光这样从事养殖业的村民有近100户，主要从事养鸡、养猪和养羊。

采访结束时，我问闫春光，你最想说的一句话是什么？他不假思索地回答："俺最想说的就是想给总书记捎句话儿，俺脱贫了，正在奔小康的路上。"

河南省主要领导在看望闫春光家时，闫春光已经90岁的奶奶张景枝紧紧握着领导的手，不停地念叨："俺真想总书记再回来看看。"

游家小院的变迁

民宿产业游家小院

一个典型的北方农家小院，古朴而雅致，像极了老北京的小四合院，但又不一样，它有着浓郁的豫东风格。小院由清一色的旧式红砖青瓦房改建而成，原木结构的木梁、木柱结实而又显得古色古香。四间正房和三间厢房由前出的廊檐相通，正房和厢房被改造成客房，户主一家住在耳房，与正房相对的两间是餐厅和茶室，封闭式住宅自成一个方正而宽绰的院落，院子正中竹篱围成的一小片地栽种着花木和蔬菜，为这处民居平添了许多生机。小院井然有序，设计合理，透着浓浓的生活气息，还带着岁月的痕迹。客房既配有电视、空调、独立卫生间、无线宽带等现代设施，也有别具匠心的木质茶台、书桌、竹椅、干花艺术，木质窗格通风透光性很好，居住环境优雅而温馨。

这是村民游文超家的游家小院，村里号召发展民宿产业，当别人还在观望时，他是第一个响应的人。

见到 66 岁的游文超，是 7 月的一个午后。老人说话耿直，声音洪亮。

“现在好了，家里一年赚个十多万元，也不错，2015 年 12 月我家脱贫了，毕竟当个贫困户也不是啥光荣事，都能挣钱了。”一见面，游文超就打开了话匣子——

我这房子翻修实际上不比新盖的省钱，我花了 16 万元在原有砖瓦房的基础上翻修，外加室内装修、配置家具，总共花了 30 万元，自己原先只有 5 万元的积蓄，翻修时村里每平方米补贴 200 元，又在农商行贷了 7 万元，再借了点，现在客房生意好了，渐渐回本了。

我们一家三代六口人，我老伴、儿子、儿媳、孙子、孙女。我在村里做环卫，管理着村里面路两边的花草，一个月 1000 块钱。儿子叫游向东，比较勤快，自己买了个小货车，在外跑跑生意，做水果批发，他还会烧烤，夏季到了，能到兰考县做几个月烧烤，挣个三万两万的。老在外跑也不是长久的办法，下一步打算回来创业，结合咱村里的乡村旅游，搞个低温磨坊，磨这个黑豆、绿豆、黑芝麻，磨成面，做成营养品，石磨、低温不破坏它的营养价值，这个卖得比较贵。我们在兰考、开封、郑州也做过一些考察。用好原料它的成本要高点，两公斤包装的，成本都80多块钱。设备和手续我都办完了。市场这一块，我结合乡村旅游，增加体验环节，游客来了，他喜欢自己磨一磨，也可以，原生态的产品，不添加任何东西，吃着放心，磨好了他带走，还增加了体验的乐趣。俺也准备走电商这一块，我们村有个雷慧杰，她搞电商的，教了我们怎么做电商。我也可以把产品放她那儿，合作分成。

民宿这块，主要由我儿媳妇打理，她比较细心，你看房间她都拾掇得利利索索、干干净净，客人住了都说好，所以回头客也不少。儿媳妇以前是民办老师，她原来不会做菜，为了办好这个民宿，又让她专门到郑州去学习烹饪技术。现在家里如果有十个八个客人来吃饭，她能烧十来个可口的菜，客人吃着怪得劲儿。平时有散客不愿去外面吃的，就在我家和我们一起吃，家常便饭，客人反而说好吃，我们也不让他掏钱。家里迎接的第一位客人是在河南大学上学的一个俄罗斯姑娘，此后客流不断，去年算了算，大概赚了7万元，还可以。最初做这个民宿产业，大家都观望，心想到底咋样呀，都没底。我们兰考当时的蔡县长，那会儿来俺村里发动，就在那个院子里，晚上全村老百姓来开会，县长讲发展民宿的好处，讲政策优惠，讲社会主义新农村，农民要有新生活，生态、文化、旅游一体化，他说农家要有农家的特色，乡村要有乡村的品位，让人进得来、看得懂、记得住，总之讲得可好可带劲儿。

县长都来了，而且讲得这么好这么带劲儿，村里老百姓啥反应？我问。

游文超顿了顿，继续说——

虽然县长都强调了，但是农民比较实际，都不敢干。村里又组织村民到外地去看人家的，去过洛阳的栾川、信阳的郝堂村、陕西袁家村、焦作磨沟村等一些地方，我也跟着去了，受到启发。我当时就想，总书记都来了，政府又大力支持，旅游业肯定会发展起来，政府有号召总不会亏待老百姓，去外面参观回来又动员，咱个人虽然投点资，将来肯定会有收获，想到这，我就第一个干了。张庄村打造成明星村了，源源不断的客人来参观游玩，包括村里也在打造其他的生态旅游，都能相互带动，现在村里面，包括政府、个人都在一起努力。

我这房子是2017年信阳的一个设计公司给设计的，档次要求也高，有乡村特色，我比较满意，感觉要带头弄好，不能半途而废。我家弄好后，县政府聘请省里面的设计公司来了，看俺家的不错，就按俺家的样板给别家设计，那个设计公司六七个人，一年多时间，吃住都在俺家。别的户看我赚钱了，不用吆喝，都干开了，全村有40多户了吧。

日子一天比一天好了，游文超满脸的皱纹里也是笑容。回想这些年，家里的日子就像门前流过的黄河一样，曲曲折折的。

20世纪60年代，兰考风沙肆虐时，游文超的父母也是逃荒大军中的一员。焦书记治理风沙时，游文超十二三岁，是张庄大队参加劳动的人里年纪最小的。放了学，书包一摘，就往工地跑，跟着大人们翻淤压沙。当时实行以工代赈，干多少活给多少粮食，为多分粮食，老的少的只要能劳动，都去干活。到了1965年张庄的风沙基本治住了，农民迎来了第一个丰收年，生活才一点点好起来，至少能吃饱饭了，但物资仍然比较紧缺。游文超的思绪又回到了那个年代——

高中毕业那年去当兵了，1977年当兵回来，正好村里学校缺老师，我就去教了两年书，家里过的日子依然比较清苦。结婚的时候，连件新衣服也没有，这个院儿还是土坯房，只有一间屋子，一张报纸就把整个窗户包起来了。直到土地包产到户，日子就好过了。1982年，家里盖了新房，一件一件置办了一些稀罕物件儿。我是村里最早买电视机的，那时候半个村庄就我这一台电视机，邻里乡亲收工了都来看电视。慢慢地，又添置了冰箱、洗衣机、摩托车，我老伴说，把家里的柴床也换成席梦思。

从1979年到1984年，我们村里缺干部，我当了5年的村干部，后来民政所安排退伍军人，把我安排到乡里，在乡政府干了14年。我当过5年计生办主任，除了没日没夜地干活，我没有贪污一分钱。有的通过我亲戚找到我，让我关照，我也会照顾群众，毕竟老百姓挣个钱不容易。比如说罚款，200到500元之间的，我就按最低标准200元罚，但我没吃过谁的请，没收过谁的礼，我不是那号人，我是几十年的党员了。我回来之后政府又来找我好几次，我都没去，我想着我年龄也大了，再干几年，还得回来，我又不是正式人员。

从乡政府回来时我50多岁，我想我还得干点啥，不能闲着。谁知天有不测风云，2011年到2013年，我孩子和老伴先后患病，一下把我击垮了。

2009年，20岁出头的儿子到了兰考县一家铝合金厂打工，抬那个大铝锭子，结果把腰给整坏了，腰椎间盘损伤，病倒了，腰直不起来，后来到开封一家军医院做了手术，医生嘱咐最少半年，什么活都不要干，一直到现在儿子也干不了重活。2012年我老伴神经损伤，瘫痪了，起不来床，大小便失禁。在兰考、开封、郑州治了个遍，也不怎么见效，为治病向亲戚邻居借钱借了个遍。最后一次看病，只剩2000元，实在借不来钱了，整日愁得不行。在开封淮河医院，每天1000多块，住了两个月，实在支撑不下去了，我说算了回家吧，也没钱了。医生建议我们在家再打那个针，在医院每天三针，一针180元。后来又通过我们的村医在外面买了那个针，一针110元，打了两年有效果，到现在恢复得还行。

巨额的医疗费，孙子孙女的学费，一笔笔巨额开支把家里掏空了，还欠下一屁股债务，年过五十了，我不得不走出张庄，投入打工大军。我们那个村儿是修锅炉的专业村，村里五六个人，全国各地跑，我跟着他们跑。内蒙古、青海、云南、广东……坐着修锅炉的卡车跑遍了大半个中国，内蒙古冬天冰吊子一尺多长，广东山里的蚊子斗大一只，不是不想家，家里太穷，一大家子要吃饭，有家难回。

2014年第二批党的群众路线教育实践活动中，习近平总书记将兰考作为联系点，赴张庄访贫问苦、指导脱贫。面对总书记的嘱托和人民的期盼，兰考县委县政府郑重作出了“三年脱贫，七年小康”的承诺，张庄作出了“三年脱贫，五年小康”的承诺。产业扶贫、就业扶贫、培训扶贫、医疗扶贫、创业扶贫……一系列精准扶贫政策的实施，正在彻底改变黄河边上这个村庄的经济社会面貌。

同张庄一样，游文超一家也恢复了生机。2014年他家被确定为建档立卡贫困户后，在健康扶贫政策帮扶下游文超的儿子和老伴身体相继恢复。游文超在村党支部和驻村工作队的帮扶下，干起了馒头加工营生。2016 年春，刚刚摘掉贫困帽的游文超看到了机会，召集儿子儿媳开了个家庭会议，决定将老屋改造，发展民宿旅游，做张庄村“第一个吃螃蟹的人”。当年 6 月“游家小院”开张，运营不到一年，四间民宿有七万多元的收入。2018 年，村里在县委组织部的支持下，办起农村干部培训中心，不仅轮训全县的农村干部，外县、外省的农村干部也慕名而来。农村干部培训中心开班运营以来，已经开展培训 33 期，培训学员 3200 多人。学员吃住都在农家小院，成为当地村民一笔源源不断的收入。2018 年，张庄村年接待外地客人超过 10 万人次。

“按照小康标准，我们家六口人年收入 10 多万元，我觉得我有希望在 2020 年达到小康，但我还要加油干，毕竟大家都不甘落后。”游文超对奔小康充满信心。

“过上了好日子红红火火，赶上了好时代喜乐年华……”说话间，游文超的手机响了，他说特意将这首《喜乐年华》设为铃声，因为这最能代表他的心声。我相信，游文超们的好日子还在后头。

闫春光、游文超，是农村中的两代人，他们有想法，有头脑，肯吃苦，有着绝大多数农民勤劳淳朴的本色，只要政府和社会推一把，很快就能摆脱贫困。如果仅仅依靠他们自己，以他们的家庭状况，压根就没有抵御风险的能力。他们之前不是没有挣扎过，但收效甚微，他们微薄的收入不仅要投入生产经营活动，还要维持全家人的生活，农民赚得起赔不起。这也是为什么农村很多贫困家庭刚刚有点起色，一旦有点意外，很快又跌入贫困的深渊的缘由。闫春光如此，游文超亦如此。

当然，国家并没有忘记农村和农民，然而因为时代的局限性，不少扶贫项目粗放、“漫灌”，针对性不强，扶贫攻坚搞了一茬又一茬，效果并不理想。因为我国农村面积太大了，贫困面也太大了，如果不改变过去那种“大水漫灌型”“输血型”扶贫方式，是难以从根本上解决问题的。映象网报道了一个真实的故事：志愿者在一次扶贫活动中，按照惯例将米、面、油等生活物品送往兰考县的一位贫困户家中，正准备离开时，家中一个正在上小学的孩子说的一番话让志愿者们久久回味：“叔叔阿姨，我们家现在不是很缺米、面、油，可不可以给我换一个书包?”说着孩子拿出了一个打满补丁的书包。

贫困户究竟需要什么，触及了扶贫工作的本质：扶贫先扶志。“精准扶贫”是核心，是“粗放扶贫”的对称。“精准扶贫”主要是就贫困地区、贫困居民而言，谁贫困就扶谁，是一种精准识别、精确帮扶、精确管理的治贫方式。由全面小康到共同富裕是理想，精准扶贫是实现这个价值和理想的操作路径。“小康不小康，关键看老乡。”民生问题中，困难群体往往有更多更强烈的诉求，需要给予更多的关注和支持。同时，精准扶贫又解决了钱和政策用在谁身上、怎么用、用得怎么样的问题，从这个意义上说，闫春光、游文超就是活生生的例子。事实证明，闫春光们用这些钱和政策很好地解决了“内生动力”的问题，他们的亮丽转身，不仅是一个农民个人命运的转折，更是“精准扶贫”思想在广大贫困地区的成功。

纳进足底的乡愁

童年看母亲做鞋，是记忆里最鲜明的剪影。夜深人静，母亲改完全班学生的作业后，总是端出一个针线笸，取出里面的麻绳、锥子、鞋底，在灯光下再坐一个时辰。她用锥子在鞋底扎出一个孔，使大针牵着麻线顺利穿过针孔，然后使劲拉动线绳。母亲说，把线绳拉得越紧，纳出来的鞋底就越结实。

而鞋底的做工就更复杂，也是我们姊妹乐意围观的。妈妈总会选周末的一个大晴天，先烧开一大壶热水，把面粉烫成一盆黏糊糊的“糨子”，找出平时收集的碎布片，在木板上刷一层糨糊，铺一层布片，再刷再铺，直到手掌般厚薄，然后在太阳下晒干燥，剪成鞋底模样。接下来的剪鞋样、在鞋面上设计花样，更是担任美术课老师的母亲的强项，春节前、六一儿童节时，我们姐妹脚上那双鲜艳的灯芯绒绣花鞋，总会引来同伴艳羡的目光。

围着母亲看碎布变成鞋底，在“呲呲”的麻线穿孔声中进入梦乡的我们，总是脚踏透气柔软的布鞋疯跑，直到鞋底磨出大洞，再套上一双又大又新的鞋子，全然不知担任班主任的母亲，怎样让一针一线布满鞋底，怎样用十指丈量着我们成长的脚步……直到自己做了母亲，儿子买不到合脚的鞋子时，直到踏遍岁月崎岖在沙发上抬起沉重的双脚时，才浮现远去的母亲的身影，寻找从脚底泛起的温暖舒适……

然而，就在兰考县张庄布鞋研发中心，多少人又邂逅了儿时的母爱。仿佛穿过悠悠的时光隧道，张庄的留守妇女们，用她们辛劳的双手做出来的一双双手工布鞋，为南来北往的游客重拾了童年或少年的记忆，为张庄“纳”出了一个新的产业。

如今极具农村特色的张庄布鞋已初具规模，说起来，这还得益于兰考县工商联小微企业服务中心的孙培五主任，是他发起、挖掘了张庄布鞋，创建了张庄布鞋研发中心。见到孙培五，是在张庄布鞋研发中心，说是研发中心，实际上是留守妇女们在这儿做鞋子的手工坊——砖砌的院墙，围着一个不大的农家小院，小院里有一个亭子，像是新盖的，可能是为了女工们夏天做鞋子能有个凉快地儿，同时也装扮了环境。走进院子，只见三三两两的女工们凑在一起，一边飞针走线做着手里的活计，一边唠着家长里短。院子北侧，三间老瓦房屋里屋外都收拾得很干净，门口挂着“张庄布鞋研发中心”的木牌。进屋后，村委副主任说明来意，孙培五热情地伸出手来同我握手，脸上满是笑容：“欢迎欢迎，可得好好把我们张庄布鞋给写写啊！”果真三句话不离本行啊！今年40岁上下的孙培五，言谈举止透着一股精神也透着一股精明干练，他是兰考县工商联小微企业中心的主任，现在一心扑在手工布鞋上，布鞋产业对他来说就像一只老母鸡孵的鸡仔，横竖丢不下。

2018年春节，兰考县工商联小微企业中心主任孙培五在河南濮阳的一个朋友那里，发现当地很多农民都做手工布鞋，孙培五灵机一动，遂动起了在本县培育这个产业的想法。过完春节，孙培五将自己的想法同县工商联领导和县委统战部领导做了汇报，领导一听就说，这个想法好啊，好就好在它与社会扶贫紧紧结合在一起，解决了农村留守妇女就业问题，当即拍板在全县搞，并计划先在东坝头乡张庄村试点，以点带面。兰考县工商联领导说，培五，那你就具体负责这个项目的引进和落地，把这件事给办好。得到领导授权，孙培五马上同宋鹏和冯辉进行沟通，宋鹏和冯辉表示双手赞成，并从政府层面给予大力支持。县工商联、东坝头乡和张庄村立即组织人员到濮阳市取经，濮阳的技师表示愿意在技术方面无偿提供帮助。一行人又马不停蹄地到北京内联升、孔氏布鞋观摩学习人家的先进技术和管理经验。4 月 10 日，张庄村布鞋研发中心正式挂牌成立。

游客参观张庄布鞋手工坊

张庄布鞋研发中心具有公益性、营利性的特点，目的就是为农村留守妇女提供一个就业门路，利用闲散时间，让她们在家门口就能挣到钱。如果每人一年用 8 个月的农闲时间来做布鞋，每年就能获得 2 万元左右的收入，在乡村振兴实践中，张庄布鞋为农民铺就了一条致富路。研发中心还同县里的“巧媳妇工程”相结合，作为社会扶贫的一个重要举措，运行了 3 个月左右，已经由张庄村辐射到考城镇、谷营镇、兰阳街道办、许河乡等地，带动农村留守妇女就业 500 多人。

孙培五对手工布鞋上下游市场理解很深，他说，这个产业市场认可度很高。手工布鞋是古老的手工制作行业之一，一直是国人衣食住行里“衣”中很重要的一部分，手工布鞋更符合国人的脚型和行走习惯，穿上更舒适、健康。这是一个被大多数人遗忘的黄金产业，随着人们收入水平的提高、生活质量的提升、生活节奏的加快，崇尚自然、回归自然以及对传统手工制作的情怀又回归到人们的生活里。手工布鞋朴素、轻巧、舒服，同时又不缺乏时尚感，备受人们喜爱。手工布鞋制作也从沉寂中爆发出火热的商业机会，前景很是光明。同时，这个产业接地气，群众的认可度高，尤其是留守妇女们都愿意干。张庄村 2900 多农业人口中，除去自主创业和外出务工者，在剩余的留守人口中，有相当大一部分农村留守妇女，她们是一股长期被忽略的力量。这些妇女，每天无奈地为儿女做饭，无聊地闲在家里，无助地承受着贫穷艰苦，这些人又是思想最稳定、责任心最强、最渴望工作、最需要花钱的群体。还有一部分年岁较大的中老年妇女，出去打工已没有优势，如果有产业平台让这部分人就地就业，将为社会也为家庭创造十分可观的财富。

张庄布鞋手工坊的创办，让村里的妇女有了额外收入。鞋厂负责买料、打底和销售，村里妇女只需要一根针即可上工。

在布鞋手工坊现场，我和几个正在穿针引线的女工们聊起了张庄布鞋。

“从小就跟着长辈在家纳鞋底，都以为这手艺要失传了，没想到现在还能变成活钱。”已经当奶奶的村民胡秀琴说，“天不冷的时候，一天能纳一双鞋底，挣80元。一边看孩子，一边挣饭钱，很满意。”

胡秀琴家有三个正在上学的孙辈，最年幼的从小失聪，老伴因病瘫痪在床，儿子常年在成都打工。一家人过得捉襟见肘，被定为贫困户。

受惠于一系列扶贫政策，胡秀琴的老伴和孙子的医药费报销了大半，减轻了家里的负担。

从前，布鞋从制袼褙到纳鞋底，从裁剪到缝合，一针一线都是妈妈们亲手纳制。现在，市面上虽仍不缺乏布鞋，但大多数都是机器生产。妈妈们已不再纳鞋，这种蕴含传统文化的工艺也面临后继无人的危机。张庄布鞋则通过组织民间手工布鞋艺人领做，吸引农家留守妇女学做，留住了纳鞋手艺，守住了传统文化。

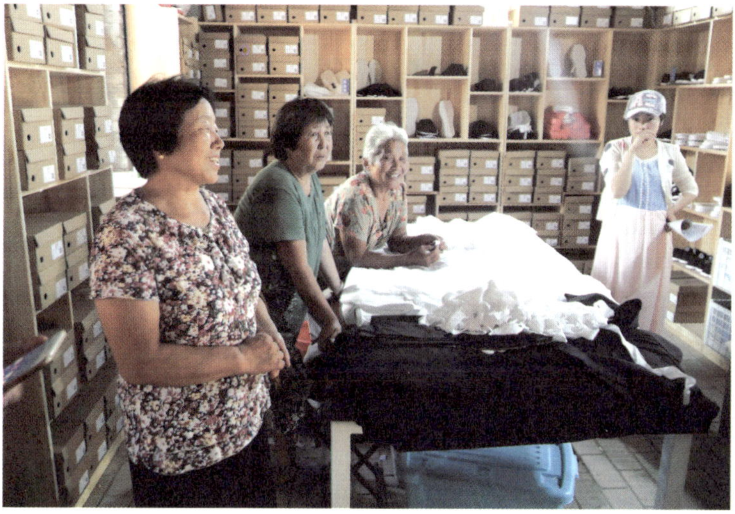

手工布鞋加工坊，妇女在家也能获得收入

张庄布鞋从鞋面布剪裁、纳鞋底、包边到手工缝合、包装，全过程手工制作，“巧媳妇”制作好一双布鞋，每双布鞋售价280元，除去成本，还有20元作为爱心公益基金回馈给村里的贫困户，工人们每双能收入180元的手工费。张庄布鞋手工坊已经安置了112名妇女就近就业，工作时间自由，能带回家做，很方便，实现了“看得住家，守得住娃，还能挣钱养家”。

今年62岁的李爱玲，在布鞋手工坊专职教授妇女们制作布鞋。她说纳鞋是一门老手艺，一针一线都要做精致了，这样穿着才能舒服。话虽简单，但却是传统中国匠人文化的真实呈现。

张庄布鞋正是在秉承“匠人精神”的基础上，纯手工制作，经过打袼褙、手工合成鞋面布、裁鞋底、纳鞋帮、包边、迁边、手工缝合等30多道手工工序，一双布鞋做下来最快需要三天，从纳底到缝合，需要2100多针。

60 多岁的陈心爱，来这里有三个多月了，她说像她这个年龄到别处打工也没人收，做布鞋刚好把以前的手艺拾起来，一天挣 80 块钱，一个月挣 2000 多元，也不用问儿子们要钱了，自己就能挣钱，还补贴了家用，感觉活到老了还能中用，心里比较踏实。

村民陈香芝今年 58 岁，她说，以前在建筑工地上搬过砖，扛过水泥，拎过大泥包。工地上活重，现在岁数大了，干不了了，来做这个布鞋非常适合自己，不受罪了，比原来还挣得多，这真是个好工作。

30 多岁的李莎莎是这里最年轻的女工，她主要负责迁边，是计件工资。在这儿之前她在一家超市做促销员，起得早，回得晚，也照顾不到家里。之前在天津一家服装厂干了 10 多年，在家人的介绍下，李莎莎抱着看一看的心态，来到了张庄布鞋研发中心，这一看，李莎莎果断决定留下来。她说，工作时间自由，家里没事就早点来多干点，既可以照顾到老人和孩子，还不耽误赚钱。李莎莎是个快手，在这她一天至少可以拿到 100 元钱，一个月下来，比在外打工强多了，她说自己非常喜欢目前的工作，会长期做下去。

孙主任说，张庄布鞋售价 280 元一双，这在国内算是低的了，顾客都能接受。张庄发展乡村游，很多游客来了都会带一双回去，国内有些品牌的布鞋用机器做的都卖到 500 多元一双，如果是纯手工的，他们卖到 1000 多元，所以张庄布鞋性价比很高，今年有 2 万双的产量，全都脱销了。不仅如此，还不断有外地采购商打电话来，但是咱们产量有限，手工的做起来比较慢，咱们不上机器，要让消费者感受到纯手工的味道，让顾客觉得物超所值，这也是咱们张庄布鞋的一个理念。

布鞋虽是小产品，却有大市场，每年十多万的旅客和其他市场的订单，让旅游村的“特产”——布鞋成了畅销货。现如今张庄布鞋已经销往郑州、北京、上海、武汉、福建、海南等地，卖得很好，供不应求。张庄布鞋项目正在快速向周边村庄辐射，项目也将带动更多无法从事重体力劳动的“巧媳妇”增收致富，奔小康。中国证监会派驻张庄村驻村第一书记王晓楠联系了喜买网，携手帮助张庄布鞋注入新的活力，助力布鞋项目形成助农增收致富的大平台。

网络名人杨建国刚进入张庄村，就被一群正在做布鞋的村民吸引。听村民介绍张庄布鞋是采用纯手工制作，杨建国决定也买一双。

“今天我虽然只是买了一双鞋，但这双鞋的意义很大。”杨建国扬了扬他买的布鞋说，“我已经50多岁了，但40年都没穿过手工鞋，今天看到手工布鞋以后感觉回到了小时候。”

杨建国认为，张庄布鞋恰恰体现了小产品大市场的理念，张庄村能把这个布鞋做好，让消费者这么喜爱，就是我们现在扶贫要走的路子，农民生产的产品能卖个好价钱，他很高兴。

擦亮百年老字号

常言说，开门七件事，柴米油盐酱醋茶。醋是人们日常生活中不可或缺的调味品，不少人也有儿时提着瓶子去打醋的经历。随着工业化的兴起，传统的手工酿醋如今已很少见到，在张庄村有一家手工老醋坊，在张庄幸福路一侧，店铺门头上挂着“文氏醋坊”的招牌。一迈进铺子，只见各种食醋产品摆满了货架，有坛装的、瓶装的、简装的、礼盒装的，琳琅满目，不时有游客在展柜前挑选着礼品。

今年 60 岁的文海清是文氏醋坊的第四代传人。我说明了来意，文海清先倒了一小杯琥珀色的醋递给我：“尝尝我这醋咋样。”我抿了一口，感觉比市面上卖的醋更浓郁，还有几丝甜甜的余味。文海清笑了：“这是我们 6 度的红薯醋，不含任何添加剂，如果再放上一年，更绵柔，比市面上的大路货营养价值高多了。”说完，他拉了把椅子坐下来，热情地和我唠起文氏醋坊的变迁。

文氏醋坊

创办于清德宗光绪七年（1881 年）的“文氏醋坊”距今已有一百多年的历史，是地道的百年老字号了。一百多年前，文氏家族是一个名门望族，家族人口一度达到一百多人，精于厨艺的文经礼负责全家的膳食工作，他对醋的要求极为挑剔。

老文说，文经礼是他的高祖父。当时市面上销售的食醋并不能满足他的需求，为酿制更加优质的醋，文经礼下定决心自己酿醋。他不辞辛苦，多次长途跋涉，造访名气稍大的酿醋作坊，集各家之所长，再加上自己的潜心研究和反复试验，终于酿出味道更加浓厚醇香的红薯醋，供全家族人食用，并于 1881 年开设文氏醋坊，生意异常火爆，畅销百里之外。后来由于战乱和灾荒，文氏家族走向没落，文氏子孙散落各地，大多以酿醋为生，文氏酿醋技艺也由此传播开来。战乱逃荒时，文经礼并没有走，他舍不得离开黄河湾的这片土地，战乱结束后文经礼继续以酿醋维持一家人的生计。

民国时期，文经礼次子文大智子承父业，继续从事酿醋行业。他又借鉴白酒酿造工艺的长处，用麦麸制成醋曲，添加到蒸煮打碎的红薯中一同发酵。这不但节省了发酵时间，加快了酿造速度，也提高了醋的质量。到了1947年，做醋的手艺传到文海清的爷爷文平信手里，其继续经营文氏醋坊，一直到1956年开始公私合营后文氏醋坊才停产。

文海清小时候的记忆大多和醋有关。他仿佛沉浸在过去的回忆里，继续给我讲：

八九岁的时候，我上小学，放学回到家，书包一搁，挑起母亲为我准备的小挑儿，就是一对小罐儿，就走村串户叫卖去了。一提儿醋卖一毛两毛钱，有的家里没有钱，就拿个鸡蛋来换，灌一瓶醋往往要吃上一两个月，朱庵、李场、贾寨、高寨、军礼寨，都是我经常卖醋的地方。时间长了，庄上的狗我都熟了，卖醋到了庄上，狗也不咬我。我家的醋好吃，一到庄上，家家拿个瓶子来灌，一挑儿醋，半天就卖完了。

20世纪六七十年代，我家的醋坊没干了。公社和大队的干部说，你家会这个手艺儿，来给公家干吧，父亲就成了公社醋厂的一名技术骨干。

20世纪70年代末，改革开放了，私营工商业逐渐兴起，终于允许个人做生意了，父亲就从供销社脱离出来，重操旧业，重新打理文氏醋坊。我那时边上学边帮父亲在醋坊里打打下手，耳濡目染，酿醋的工艺我都门儿清。酿醋是个技术活，也是个体力活，制曲、红薯蒸煮、发酵、后发酵、淋醋，哪一道工序都不敢怠慢，每一道工序都很烦琐费力。1976 年时，上了年纪的父亲，体力渐渐跟不上，我当时高中毕业，父亲就想着把这个老手艺传给我，通过言传身教，教我怎么制曲，怎么淋醋，掌握什么样的温度。那个年代，粮食金贵，制曲都是用麦麸掺玉米面，到我这一辈儿，改用小麦玉米作曲，在祖传工艺的基础上，又借助现代科技对酿造工艺不断改进，做出的醋口感和营养都大不一样。

改革开放刚开始那会儿，土地还没完全分到户，还是在生产队里一锅搅，农民还是穷啊，也没钱来灌醋，给个一两分钱或者五分钱的，也不好意思要，乡里乡亲的，就灌一瓶给人家。我家的经济状况还算好点的，我用五块钱说了个媳妇。慢慢地，土地包产到户了，可以自己干了，经济也活跃了，酿一茬醋卖个二三十块钱，后来一茬醋卖到三五百元。随着物价上涨，我家的醋从五分钱一斤涨到一毛钱一斤、两毛钱一斤，好的时候卖到一元钱一斤，直到 2014 年我家的醋还是八毛钱一块钱一斤。现在卖的价钱高了，5°的醋陶瓷罐礼品装的卖到 80 元两斤，也有一壶 40 元两斤装的，这都是营养醋，一般的调料醋几块钱一斤。现在人工成本高了，做工成本也高了，忙不过来时要雇人，工钱要 150 元一天。我现在还有 24 瓮醋是去年（2017 年）11 月份酿的，每天得翻一遍，不翻就发酵不匀，出来的醋味道就差。去年生产 6

万斤手工醋全部脱销，今年（2018 年）生产 8 万斤，年收入每年二三十万有保障。

兰考盛产红薯，在计划经济年代，主粮短缺，红薯是半年粮，而现在，红薯成了城乡居民都稀罕的杂粮，红薯酿成的醋因为具备多种功效也被消费者喜爱。红薯醋呈琥珀色或酒红色，晶莹透亮，酸甜可口，越陈口感越佳，不仅是美味的调味品，也是日常养生之珍品。经过繁杂的生产工艺之后，酿好的醋口感绵、香、醇、厚、甘，风味突出。文氏醋坊从晚清时起，就以做红薯醋而闻名。文氏醋坊不但让游客能看到、闻到、喝到用传统工艺酿造的醋，还让大家感受到手工酿醋的魅力。

酿一茬好醋并不容易，要经过蒸煮、发酵、熏、淋、陈五个步骤，十多道手工生产工序。从 7 月份红薯收获季节开始，全家就没有闲下来的时候，经过原料的分拣、清洗、蒸煮、进缸发酵、温度控制、通气、搅拌、淋醋等十几道纯手工工序，然后将熟醋放在瓮内密封天然存放，每个大瓮都可以盛二三百斤醋，全家人几乎每天都得干到晚上十来点。由于工艺复杂，人力成本过高，这种纯手工的酿造工艺以及辛苦的劳作，已经很少有人愿意去做了，老文一家坚守着祖上传下来的这份工艺，几十年如一日，委实不易。

手工醋这么费劲，为什么还能坚持下来？我问。

老文答：“手工醋周期长，赚钱慢，可我文氏醋坊这个牌子不能倒呀，我们不奸不滑，做手工醋、良心醋，把每道工序都做到最好，酿出来的醋自然就是好醋，好醋是没有保质期的，人们夸我的醋好，这比夸我啥都得劲儿。”

2014 年 2 月 28 日，河南省主要领导在张庄村调研时，品尝了老文家的醋，赞不绝口。2018 年 8 月，蔡松涛向前来张庄调研的省领导重点介绍了“文氏醋坊”的红薯醋，省领导品尝后一致给予点赞。

宋鹏也给老文出主意，建议他把产品分成等级卖，做好大众产品的同时，主打几款高端产品，并在包装上加以区分，好东西就要卖好价钱嘛。老文一琢磨，都一一采纳了，效果还真不错。如今，老文在村里乡村旅游的带动下，盖起了仿古式的农家小院，村里每平方补贴 200 元，加工作坊也比以前宽敞了不少，他还注册了文氏醋坊的商标，办齐了各种执照，生产也更规范了。驻村第一书记王晓楠，利用各种渠道，为文氏醋坊拓宽销售路子，得到了外地一些客商的认可，可是手工醋做得慢，产量有限，很多订单不敢随便接。看来没有卖不掉的产品，只有做不好的产品。

榜样是无声的力量，文氏醋坊做手工醋赚了钱，当地又有这么丰富的红薯资源，自然也有人不甘落后，加上乡政府、村支两委起劲地吆喝，短短一年，张庄又入住两家做高端醋的企业，看来食醋产业将成为张庄着重打造的一张新名片。

有了竞争，我问老文咋想的。老文想都没想就说，有竞争才是好事，这也逼着文氏醋坊做最好的醋给顾客。

过了春分，清明很快就到眼前，天气一天天暖和起来，万物复苏，也是微生物最活跃的时候，一般情况下这是制曲的最佳季节，老文一家又开始忙起来了。

张庄飞来一只金凤凰

2017 年 12 月 9 日，天气格外的好，预示着今天是个好日子。

是的，今天确实是个好日子，奥吉特生物科技股份有限公司终于在张庄落地了。

对张庄、对奥吉特来说这都是一个大喜日子。

张庄村奥吉特公司内景

在张庄项目落成仪式上，奥吉特董事长李政伟表示："公司新项目的落成，是公司资金、技术、人才和销售优势与张庄优势资源的成功对接，奥吉特兰考张庄项目共投资 9000 万元，一期建立标准化菇房 60 间，能够解决张庄就业人数 470 人，员工年收入将达到 5 万元，并将持续扩大生产规模，解决张庄及其周边村镇更多的就业问题，为带动张庄及其周边百姓脱贫致富担起社会责任。”

兰考县委、县政府各级领导，对奥吉特即将对张庄乃至兰考带来的发展变化表示了高度的预期！

奥吉特生物科技股份有限公司成立 11 年了，是一家“新三板”上市公司，作为河南省农业产业化重点龙头企业，主导制定了全国第一个蘑菇工厂化种植地方标准，其生产基地是香港、澳门市民的“菜篮子”。奥吉特张庄项目的主要业务是利用现代技术种蘑菇、采蘑菇。科技含量比较高，引进了美国的菌种、荷兰的技术，模拟出一个环境，让温度、湿度、氧气浓度等都适合蘑菇的生长，种出来的蘑菇主要出口到国外。

对张庄人来说，奥吉特落户张庄，的确是件了不得的事情。运行一年多以来，张庄人实实在在得到了好处：

通过劳务吸纳扶贫，为张庄村安置留守妇女就业 280 多人，光吸纳建档贫困户就有 30 多户。前后两期 90 间菇房如果全部建成，可安置 640 多人就业，进厂的工人 80%是留守妇女。工人进厂后两个月带薪培训，培训期间的工资是每月 2500 元，上岗后一个班组承包 2 个菇房，每人能拿到 4000 到 5000 元，也有拿到 6000 多元的。员工吃住在厂里，食堂每顿只收 1 块钱，还有宿舍，宿舍里配有中央空调、淋浴。

又比如，通过入股分红，村集体和员工都得到了实惠。2017

年，中国证监会驻村第一书记为张庄村协调资金160万元，作为入股，村里将资金投入奥吉特公司，每年能稳稳当当拿到9.6万元的分红收入。去年东坝头乡政府将有劳动能力的农民安排到奥吉特公司上班，对没有劳动能力的，利用国家到户增收资金政策，每户扶持1万元的到户增收资金，农户将资金入股到奥吉特公司，公司按照10%的比例每年给农户分红，这些农户每年可以增收1000元，一年后把本金还给村民，已有65户农民入股。从这点看来，张庄村和65户投资奥吉特的农民，真正意义上是奥吉特的股东了，他们投资该项目后，企业通过工商变更，他们的名字已经显示在企业的股东名册中，也就是说这个企业有他们的一份儿。这就好比在奥吉特公司放了一只母鸡，每年只要坐等收鸡蛋就行了。

再就是产业扶贫。奥吉特公司种蘑菇的基料是秸秆，兰考县是小麦大县，秸秆资源丰富，公司在夏收时，几乎把整个兰考的小麦秸秆都“吃”了，还要到其他地区收购，昔日弃之不用的秸秆，在奥吉特公司变成了白花花的钞票流进农民的口袋里，张庄村自然是受惠最大最多的村。

然后就是技术扶贫。为了让农民掌握种植蘑菇的技术，奥吉特公司成立了奥吉特商学院，免费给农户进行种植蘑菇的培训。奥吉特公司研发了简易库房，10万元左右的成本，让农民去种，去打理，公司包销产品。设备是公司的，原料是公司的，技术由公司手把手进行培训，产品由公司包销，农民只需要用心把蘑菇种好就行了。这样的好事，农民们自然愿意干了。商学院一开，就有200多个农民报名接受培训。

还有就是有机肥改良土壤。张庄村种植蔬菜、瓜果的农民，常为土壤板结、肥力下降而苦恼，肥力下降，产量自然下降。奥吉特公司又为农民解决了这一困扰。奥吉特种完蘑菇后的废料，营养成分非常高，与土壤混合使用可大大提高肥力。为帮助张庄农民脱贫致富，他们免费给种植户提供有机肥，帮他们改良土壤，每月出二三百吨。用了奥吉特的有机肥，种瓜的说瓜好，种菜的说菜好。

有了这五大好处，奥吉特在张庄自然就是香饽饽。

进了奥吉特公司的无菌恒温菇房，只见6层菇架上，一朵朵丰满的白蘑菇像鸡蛋一样生长着，十分喜人；还有大小不一的有机褐蘑菇，根据顾客的需求来培育，果实饱满，色泽均匀，营养价值极高。工作人员说，这些产品都卖到国外了。

翟兰菊站在一台小型升降机上，查看着每层的菌床，仔细甄别大小，摘下符合标准的褐菇。

翟兰菊的丈夫长期卧病在床，两个孩子都在上学，她就成了家里的顶梁柱。在奥吉特上班，不仅让她有了一份稳定收入，而且可以照看一家老小。“每月底薪2800元，多劳多得，加上奖励能拿到4000元，家里就顾住了。”

荆燕菊和孟彦，也是村里的建档立卡贫困户，进入奥吉特，有了稳定的收入，再加上其他收入来源，家里现已脱贫了。

在这里工作了一年的任真真已经升为奥吉特公司的行政副经理。任真真介绍，公司实行承包责任制，一般4个村民承包一个菇房，多劳多得。一个菌种的周期是42天，可以采三茬蘑菇，蘑菇成熟可自行采摘，采完就可以回家，员工们工作时间比较自由。这种用工制度，主要是考虑到女工们还要照顾家庭，干完手里的活，就可以回家忙自家的事。

任真真说她在这儿感觉挺好，离家近可以带孩子，在家一个月 4000 块钱，比在外打工漂泊强多了。张庄村有 20 多户贫困户在这里干，平均月收入 4000 多块。她说她很珍惜这份工作，所以工作上也格外上心负责，要对得起公司，对得起政府为大家办的好事。

李娜是两个孩子的母亲，是第一批进入奥吉特的员工，在包装车间工作，她现在月工资有 4000 多元，还不耽误照顾父母、带孩子。我问她，在这里工作有什么感受，或者说是感想。李娜快人快语："问我感想，感想就是这个工作很好，工资待遇也好呀，离家近，主要还能照顾小孩儿，家里要有啥急事，厂里也能给一些帮助。我来这儿之前在广东打工，一个月下来才三四千，还不管吃住，那受的啥罪呀。现在好了，我们一家年收入七八万元，够一家里里外外开销了。"

张庄村栽下梧桐树，引来了奥吉特这只金凤凰，奥吉特和张庄村上上下下都高兴，然而，这个"引凤"的过程却颇为曲折，也颇为艰辛。

这还要从奥吉特厂区的这块 115 亩的建设用地说起。

奥吉特公司在张庄落户之前，厂区的这片土地原是一家叫乐农贸易公司的企业从农民手里流转过来的，该公司以养羊为主，是 2014 年之前村里引进的一个项目，初衷是以"公司＋农户＋基地"的形式，带动村民养羊。当时把农民的土地流转过来了，外围和基础设施基本建好了，办公楼盖了个框架，岂料中途该公司资金链断了，项目成了一个“半拉子”工程。一边是欠着农民的土地流转费没给，另一边还欠着郑州水木环保和开封中投两家施工单位几百万的工程款，乐农贸易公司的老板一看大事不妙，干脆不见了踪影，留下一个烂尾工程和满地的荒草。

这事到了新接任的村支书申学风手上，他必须得面对了。

地块荒芜着，村民的土地流转费又没给，眼看到了种麦的季节，涉及土地流转的群众自然不依不饶，闹到村里，向村里要说法。

申学风赔着笑脸说：“大家的心情我理解，但我保证不会欠你们一分钱的流转费。”

“人都没影了，你拿什么保证?”人群里，有个村民提高了声音。

“就是，人都跑了，我们的钱还有希望吗?”其他村民附和着。

还有人说：“申书记你看，钱没拿到，眼看种麦季节到了，我们不能让这地再荒着吧，要么给钱，要么我们把围墙推了，开始分地、种地。”

“你们说的都有道理，大家也看到，前面老板跑了，后面我们还在继续招新的公司进来，新公司一来，流转费的事儿就好解决了。你们看，村里也在不停地招商，再给我们点时间吧。”申学风继续赔着笑脸，他知道村里理亏，没看准项目，即使村民们说的话再难听，他这个当支书的也得受着，再说了，村民的利益必须得到保护。

“那好，我们就再信你申支书一次，等你们的招商结果，要是要我们，可别怪咱不给你这个支书面子。”

“好，我以我申学风的党性和人格担保，保证不亏大家一个子儿！”

申学风一边千恩万谢大家的理解，心里一边暗骂那个跑路的公司给村里捅了这么大个娄子。

这块地不仅涉及本村的土地，还涉及雷集村的几户，那几户没有像本村人一样给申学风面子，他们硬是不依不饶，围着申学风，让他啥也干不成。

申学风瞅着没法，自己掏钱把外村那几个“难缠户”的流转费先给垫付了，村民的情绪暂时稳了下来。但他知道这只是权宜之计，不是个长久之法，安抚了今天，安抚不了明天，安抚了这家，安抚不了那家，不定啥时候告到上面，吃不了得兜着走，到时候张庄可真成了“明星村”了。

总算稳住了群众，郑州的水木环保公司和开封的中投公司作为建羊场的施工单位，他们找不到羊场老板，就组织民工到张庄村委找麻烦，来要他们的工钱。

这回，申学风给他们顶了回去：“你们这叫病急乱投医，你们找不着羊场老板关张庄村什么事？第一，你没跟张庄签合同，你盖这房子也没和张庄村对接；第二，我也是受害者，我也找那老板要钱呢，他还欠着我们农民的土地流转费呢。”

来者见揩不着什么油，闹了几回，也就先搁置了。

但申学风却不敢怠慢，他得赶快想法子从根本上把这个套给解了。

他找到了时任证监会驻张庄村第一书记王卫。作为驻村第一书记，王卫背靠国家证监会，在工作协调和资源调配能力方面有着天然的、独到的优势，从个人能力方面，这个“80后”年轻人办事干练、果断，一心一意想为张庄村干点事儿。两个人虽然年龄相差悬殊，但他们为群众办事的心却是相通的。

“王书记你看，乐农贸易公司的事到了不得不解决的时候了，否则，村民那里无法交代，上级领导那也交不了差。”申学风的眉头皱成了疙瘩。

“是啊，事情悬到这儿，一是损害群众利益，二是资源浪费，干部的工作也没法做。解决不好，也是我们失职。”王卫看着申学风。

“问题是咋解决？这个事可不那么好办。”

“我琢磨，关键要引进新的项目进来，最好把以前遗留的费用承担一部分，这样就比较好办了。”虽然王卫这个第一书记只是个“80后”，倒显得比较沉着。

“那这样吧，村民那边我先稳住，引进企业这个事，全靠王书记你多操心，在这方面你可比我强不知多少倍。”

“那好，就这样办，村支‘两委’碰个头，开个会，大家分头行动。”王卫说得干脆、响亮。

但他自己明白，事情操作起来实际上是件十分棘手的事，他也只能硬着头皮上了。

那些天王卫几乎成了招商办主任，到处托关系、找熟人，利用各种渠道和广泛的人脉，招徕外地的企业来村里参观、考察，希望有企业能够入驻那块地方。先后有十几家前来考察的企业，但都没了下文。有客气些的，说回去商议商议再给回复，这一商议就没了下文，还有的干脆就说王卫忽悠人家。为啥？明摆着这么大的后遗症，谁愿意来当这个“接盘侠”？

然而，功夫不负有心人，就在王卫和申学风为招商一筹莫展的时候，竟然有一个企业听到这个招商信息后，主动跟兰考县的一个副县长联系，说是愿意来看看，这家企业就是奥吉特。

王卫和申学风热情地接待着客人，耐心地解答对方的疑问，他们并不回避矛盾，把这块地的来龙去脉和解决问题的办法开诚布公地讲给奥吉特的人听。也许是王卫和申学风的诚意打动了对方，也许是人家另有规划和打算，奥吉特流露出打算入驻的意向。后来知道，奥吉特也是相中了兰考的优惠政策，其前身是洛阳奥吉特菌业股份有限公司，公司经营和治理结构都很健康，当时，奥吉特已经是“新三板”企业，它有转主板的需求和规划。而开封，当然也包括兰考在内，是河南自贸区的一个片区，其营商环境和优惠政策也是其他地方所没有的，奥吉特同时也相中了张庄的投资环境和服务。兰考给出的优惠政策是：企业可以有上市的绿色通道。王卫寻思，相对于给对方的优惠条件，企业承担点遗留问题，应该在可接受范围内，问题在于能承担多少，具体怎么个谈法。

奥吉特这边八字还没一撇，郑州和开封的原施工单位一听说有新的企业进驻，先闻风而动，组织民工封住了场地上的建筑。

他们说：“不管谁入驻，都得先把我们的工钱给解决了，否则这个院谁也不能进。”

申学风一看这架势，不客气地说：“你们这样做不对，你们是受害者，我们村也是受害者。现在我们正在和奥吉特公司协商，让人家做个预算，看看能出多少钱，不可能你说多少就多少。实际上你们的工钱与张庄村、与新来的老板都没有关系。”

“不行，说一千道一万，这房子总是我们建的，不给工钱，我们是不会让人进来的。”

“你们若是硬来，就不好解决了。房子是你们建的没有错，但土地是张庄村的，你得给我们腾地方，要么我给你推了，你也和我打不着官司。”

“那你们看怎么办？”对方怕把事情弄僵了一分钱都拿不到，就先软了下来。

“这就对了，你们若是想解决问题，我们就协调新公司给你们安置一部分。”申学风缓和了口气说。

这边，为了落实具体的谈判细节，王卫和奥吉特公司进行着艰苦的拉锯战。

“我方入驻，对我们双方都是有利的事情，所以我们希望干干净净地进驻，不希望有任何第三方的干扰。第一，前期费用我们可以承担点，但这个费用应包含农民的土地流转费等。第二，这个地面上还有几十座坟墓，以及树木等其他附属设施，希望尽快迁走，否则我们无法入驻施工。”奥吉特的负责人说。

王卫说：“我们会解决好遗留问题的，一定给咱们奥吉特留下一个干净的入驻环境，但也希望能体谅我们的难处，在费用方面给予一定配合，这样我们也好尽快做通工作。再说了，这地上的房子毕竟是盖起来了，咱们奥吉特入驻后就省下不少事。”

“费用问题我们尽力配合，但那边也不能狮子大开口。”

“不知道贵司能出多少？”

“根据我们的核算，所有费用包含在内，顶多300万。”

王卫想，一个烂尾工程，能出到这个数，对方已经是做了很大让步，虽然还不是十分满意，但村里的工作难度显然小了很多。村里也要为新入驻公司着想，为人家打造一个宽松的营商环境，把该做的服务做好。

这些话，王卫当然不能说出来。

接下来就是与原施工企业以及乐农贸易公司的交涉，还有农民的土地流转费，还有迁坟问题，无数的拉锯战还在后面等着王卫和申学风，他们明白，哪一块骨头都不好啃。

农民的流转费，这块是死的，啥时候都要给。而面对乐农和前面的施工企业，王卫和申学风决定快刀斩乱麻。

经过数轮交涉，王卫和申学风给出的解决办法是：扣除农民的土地流转费，剩余的还有200多万元，郑州和开封的施工企业按比例分。

两个公司依然不肯让步。这下王卫火了：“本身你们这事挨不着张庄村，你们如果同意，就这样办，把你们的原合同拿来，三方签字画押，写个保证。如果不同意，把你们的东西搬走，我要给农民腾地。”

吃了王卫这一呛，对方公司的人终于冷静下来，面对现实。他们想，能拿到一部分，总比没有好，他们也真切地感受到张庄村解决问题的诚意，再说这事从法律上也和人家张庄村沾不上。

就这样，和第三方公司的纠纷就解决了。

但接下来的事情还没完。

奥吉特所征用的这块建设用地，地面上有30多座坟，如果不迁走，是无法正常施工的。要迁坟，农户那边的工作能不能做通，是摆在村支两委干部面前一道十分棘手的难题。

按照农村的习俗，村民们认为，迁坟会破坏祖上风水，同时对祖辈也是一种不孝，所以一开始没有一家松口的。

申学风和村干部一帮人拿出做农村工作的韧劲、智慧和方法，对涉及需要迁坟的户，干部包户上门，逐一做思想工作。他们有啥方法呢，无非就是调动亲情、友情、乡情，凡此种种，给村民讲产业扶贫政策，讲企业入驻对村里和个人的好处，动之以情，晓之以理，软磨硬泡。申学风对村干部们说，你别管这办法那办法，管用的就是好办法，哪怕是给村民磕头也要把工作给做下来。绝大多数村民都架不住村干部和各种亲情的轮番上阵，都得以顺利动迁。然而到了孟宪书家的坟，卡在这了，眼见奥吉特的施工正在进行，就孟宪书家的一座坟墓挡在当中。

孟宪书是县委一名退休老干部，有党性，也很开明。申学风上门就管他叫叔，一说迁坟的事，他当即同意了。然而孟宪书 95 岁的老父亲说啥都不答应，并且说谁动他老伴的坟，就是要他的老命。一个大雪天，申学风找来孟宪书在县委的老领导一起登门拜访。孟宪书左右为难，对申学风说，学风你就别为难我了，我总不能不要我这个老父亲吧。孟宪书还有个弟弟，是郑州市公安局一个派出所的指导员。申学风专程到郑州拜访，征得孟家二儿子的同意，并将老人接到郑州居住。而张庄这边在孟宪书的配合下，将其母亲的坟顺利迁走。

说起奥吉特顺利入驻张庄的故事，董事长李政伟逢人便说，在奥吉特全国的分公司里面，数兰考的投资环境最好，数张庄的办事效率最高，数张庄的服务意识最强。他要为张庄的干部群众点一百个赞！

忆起这段经历，申学风感慨万千。一是感慨农村工作之难，什么事什么人都会遇到，打断骨头连着筋，如果不是出于公心，如果不能一碗水端平，是做不好这份工作的。二是感慨农民的不容易，对农民的淳朴和厚道，他心怀感激。农民的骨子里有着浓厚的亲情、乡情，有着根深蒂固的文化基因在他们的血液里，农民思想的每一次嬗变每一次涅槃，都是内心深处一次痛苦的自我挣扎。所以，做好农村工作，你要带着深厚感情，带着对这片土地的爱，只要是从他们的利益出发来做事，就能获得他们的理解和支持。

瓜王与博士相遇张庄

作为张庄村“两园四基地”产业规划的一部分，蜜瓜产业是张庄村重点打造的支柱产业。

为什么要把种瓜作为一个重点发展的产业？

大自然总是充满奇妙的辩证法。兰考这片土地，过去因为风沙、盐碱、内涝肆虐，种传统农作物亩产一度只有几十斤，用含有盐碱的水浇庄稼，浇一片死一片。现在的兰考，已经大不一样了，饥饿、风沙、盐碱已经是多年前的“旧事”，在对大自然进行改造的过程中，兰考人对脚下的这片土地也有了新的认识。他们发现，黄河故道冲积形成上沙下淤的“蒙金”土，土壤的干湿度，以及它的天然弱碱性，更适合西瓜、甜瓜等作物生长。用黄河水灌溉，赋予了瓜果丰富的矿物质；周边无污染，给了瓜果最佳的成长环境。河南农科院、中国农科院的专家经过走访调研和土壤检测，认定兰考的盐碱地应该大力推广蜜瓜种植。这样既有了特色农产品的规模种植，又改善了环境，这是双赢，甚至多赢。

2015 年，河南省委组织部、河南省财政厅为帮助贫困村壮大集体经济，有一笔 160 万元的扶持资金。当时兰考县第一批有 10 个村申报，这笔资金给谁，怎么用，需要所在贫困村拿出令人信服的思路和计划，再由政府部门、专家团队进行打分评估后方能拨给，具体来说就是10个贫困村的支部书记将面对面通过演讲答辩的形式进行PK，谁的方案最科学最合理，谁就胜出。当时张庄已经把蜜瓜种植和乡村旅游定位为主导产业来推广。

在那场由县委、政府领导和农业局、农办，以及专家团队参加的演讲会上，申学风不紧不慢，娓娓道来，阐述了他的思路。他说，以前，农民种瓜大多是闭着眼睛种，闭着眼睛卖，别人怎样咱也怎样，别人种啥咱也跟着种啥。这样的结果就是：容易出现市场难以捉摸、蜜瓜滞销的现象，当大批大路瓜上市后，许多农户的瓜只能按照几毛钱的价格出售，市场上的高端瓜价格不降反升，蜜瓜陷入越种越便宜、越降价越烂市的怪圈。

为什么会出现这样的“怪圈”？随着消费结构升级换代，中产阶级作为主要消费群体，对蜜瓜等果蔬需求向高品质、有卖点、大品牌的方向发展。但是，从事蜜瓜种植的大部分农民受教育程度不高，信息闭塞，食品安全意识相对淡薄，精品意识欠缺，普遍将果蔬批发市场的标准作为自己的生产标准。尤其是在产业升级的大背景下，农户按照传统的种植方式盲目使用化肥、农药、激素来换取产量、卖相与时间上的赶早。这样生产出来的产品，安全无法得到保证，更无法做到好吃，只能陷入低价竞争、滞销的泥潭而无法自拔。

申学风说，为避免出现这种瓜贱伤农的局面，张庄村打算盯住高端市场，走标准化种植、适度规模化经营、品牌化销售之路。村支两委将引进外部力量，与科研机构对接，与现代化农业企业对接，引导农民走现代农业技术和标准化种植模式，以“公司＋农户＋市场”为基本模式，以生态化种植为基础，将分散的农户整合在一起，培育新的经营主体，通过标准化种植对每个农户、每个种植环节的跟踪、指导与监督，提升农民的品牌意识、技术水平和收入水平，让农民跟着学、跟着种。给农民算收入账，一部分农民可以通过劳务增加收入，一部分农民可以自行承包瓜棚获得更高的收入，农民在种好瓜、卖好瓜的同时，学到了标准化种植技术、成熟的管理模式和先进的理念，不但授人以鱼更重要的是授人以渔。因而，张庄如果获得这笔资金，相信不会让在座的各位领导和专家们失望。

面对众目，申学风的演讲更像是一篇丝丝入扣的论文答辩。申学风演讲完毕，台下响起一片哗啦啦的掌声。经过评估，县委组织部和财政局的领导们一致认为，在发展集体经济、引导农民致富上，数张庄这个模式好，可持续，尤其是生态发展的理念值得提倡和推广，这笔资金显而易见地应该花落张庄。

同台演讲的那些人搞不明白，这个像他们一样土里土气、整天围着农民打转转的人，从哪冒出来这么多新奇的名词？他说的那些“高大上”的东西能兑现吗？

后来的实践证明，申学风不但兑现了，还兑现得非常漂亮。

从县里回来，申学风说干就干。经过“四议两公开”程序，利用政府扶持的160万元扶贫资金，张庄村建起79座大棚和一个小杂果采摘园，采摘园地理位置优越，紧邻焦裕禄纪念馆和焦裕禄精神教育体验基地，人气旺，关注度高，将为张庄发展乡村旅游注入新的活力。建大棚和采摘园的300多亩土地，以每亩1000斤小麦，每斤小麦1.18元的价格，从农民手上流转过来。

农民当然十分愿意，因为谁都会算账，这等于是农民不用投入任何物资和人工成本，每亩地即可净收入1000斤麦子，也就是1180元钱。祖祖辈辈在这片土地上耕种，他们清楚，即使运用现代科技，每亩地打 1000 斤麦子也不容易。最重要的是，农民可以从土地上解放出来，从事二次经营，无论干啥，无论赚多赚少，都是净赚。农民朋友们自然举双手赞同这种不出力又得好处的大好事，他们认为这简直就是天上掉下来的大馅饼。

张庄村干部群众自发地努力脱贫，引起了县里重视。县里提供了财政金融支持，凡是建设蜜瓜大棚，每亩地提供 6000 元的资金，大棚的保险费用也都由政府承担。紧接着的 2017 年，张庄村马不停蹄，在原有 77 座大棚的基础上，新建了 94 座大棚。在资金不足的情况下，时任中国证监会驻村第一书记的王卫，看到这个村有一个真正为老百姓办事的班子，遂牵头向国家证监会打了一个可行性报告，申请扶持资金 100 万元，补足了资金缺口，并建成一座冷库，解决了蜜瓜等果蔬保鲜难题。

如今，张庄的高品质蜜瓜，因为品质好、口味儿正，早熟蜜瓜一箱可卖到 200 元，平均来说，一公斤蜜瓜能卖到 30 元以上，成为高端瓜市场的抢手货。张庄蜜瓜，被多家企业看重，其中包括百果园、陈氏阳光、三支梅、胖东来、柏裕植物等。

标准化生产、规模化种植、品牌化销售，是张庄蜜瓜的三个明显特征。然而，这种先进模式的引进和推广，一开始走得并不顺畅。

张庄人自己缺乏蜜瓜种植的经验，村支两委干部们明白，要让农民接受先进的种植模式和经营理念，空说不行，必须得注入新鲜的血液，必须有个标杆，因为农民很实际，你得让他们看得见、摸得着、有实惠。

2017 年，张庄来了个种瓜的，这个人堪称张庄的“宝贝”，他有一种本事，能让一个蜜瓜卖到几百块钱，河南高端西瓜市场有 30%是他的产品，这种本事不是那种“王婆卖瓜自卖自夸”的本事，而是靠的自身实力和近乎偏执的精神。十几年间，这个只有初中文凭的人从一个默默无闻的穷小子转变为开封新一代的“西瓜大王”，被誉为开封西瓜界新传奇。

这个人叫吴国军，关于他的传奇、他的种瓜经，还有他的团队的故事，一天也说不完。

十几年前，没有背景只有初中学历的吴国军，面对家里仅有的几亩薄田，带着对未来的迷茫也带着几分期许，开始了种瓜生涯。黄河的冲积为开封带来了大量的泥沙，土壤透水性好，营养物质丰富，而开封的温带季风气候为西瓜的生长带来了适宜的温度和湿度。吴国军作为开封农人，对瓜情有独钟，他十年潜心研究种植技术，以匠人精神寻找西瓜古味，走过的 37 年人生，在棚里度过的 2000 多个日夜，只为做这一件事——种好瓜。

2015 年到 2017 年，连续三届开封城乡一体化示范区汴梁“斗瓜”大赛，综合“瓜王”均被种瓜高手吴国军夺得。吴国军说，连续三次选送的“冠军瓜”是“十年磨砺”才换来的成果。

“萧县石榴砀山梨，汴梁西瓜甜到皮”，在开封和西瓜打一辈子交道的瓜农为数不少，吴国军专业种瓜也只不过十几年，他的瓜咋就好吃到“上天”?

他告诉我，2008 年他从一篇报道上看到，中牟县的大棚西瓜售价 1.78 元，批发价也达到 1.12 元，但是我们杏花营的西瓜才 2 毛钱一斤，最低的时候 8 分钱一斤。为啥我们的西瓜品质不差，却卖不上价格？吴国军说他当时心里很不服气，就跟几个村民一起在村里租了 30 亩地，开始引进大棚西瓜，结果当年就获得了成功。当别人的西瓜还在卖几毛钱时，他的大棚西瓜已经卖出了

8 块钱的“天价”。

吴国军说，种出这样的精品西瓜，必须达到六个条件。

第一，“冠军瓜”的品种是经过多年综合实验研究出来的新品种；第二，土壤全部用的是黄河冲积后的沙壤土，这种土矿物质丰富，土层深厚、肥沃，适合种植高质量的西瓜；第三，全部用有机肥料，后期特意浇灌豆浆提高西瓜的品质；第四，提高种植技术，除了自己研究种植技术，还得到了中国农业科学研究院、开封农业科学研究院等研究机构的大力支持；第五，高标准，严要求，综合管理到位；第六，定位高，目标高，有奔头！为了更好地培育和推广精品西瓜，吴国军专门注册了自己的品牌——云瓜园，并专门培养了自己的技术骨干，先后发展了数百亩精品西瓜种植大棚，用他自己的话说：“瓜棚里随便摘一个，都是‘高分精品瓜’。”

吴国军常挂在嘴边的一句话就是“我只会种瓜”。有人说，把一件事做到极致，那么你就是神，而吴国军恰好就是这样一个会种瓜的“神”。张庄的瓜种得那么好、卖得那么好，毋庸置疑，与吴国军有关。

落户张庄后，云瓜园专门注册了另外一个公司——坤禾农业，其意味很明显：坤为地、为母，代表大地滋生万物之德；禾，“苗生既秀谓之禾”。坤、禾结合，是一种多么美妙的希望和寄托，吴国军这个初中生我认为很不简单。

第一年到张庄，吴国军一口气承包了 135 个大棚，他同时还引进来一种模式，颠覆了人们对种瓜的传统理解，他说他要尝试做一些改变。

第一个改变，合作模式的改变。吴国军承包张庄村 135 座蜜瓜大棚，每平方米向村集体支付 2 元钱，仅此一项张庄村每年就有 18 万元的集体经济收入。政府扶持贫困户每户 1 万元的到户增收资金，作为成本投入云瓜园，按 10%每年给农户分红，一年后本钱退还农户，这一项一共有 70 户 70 万元的资金入股云瓜园。云瓜园通过“公司+村集体+农户”的合作模式，农户依据生产责任划分，享受固定工资和超额奖励。在云瓜园务工的农户，在拿工资的同时，由公司传授技术，每天可挣到 70 元，每月 2000 多元，这个过程需要半年，半年后成为熟练工人，就可以拿得 4000 多元的劳务费。农户自己种植的，云瓜园提供统一的技术培训，并免费提供瓜苗、有机肥料等农资，云瓜园每个棚还需要再投入 5000 元左右的成本，农民只需要把瓜种好就行，云瓜园负责按市场价回收种出来的瓜，算下来农民种植一个大棚，一季瓜能挣到 8000 元到 10000 元，一个农户每年收入 8 万元左右，目前张庄村已有 40 多人在云瓜园务工，其中贫困户有 14 户。

吴国军带来的第二个变化是生产方式的改变。早在几年前，吴国军就敏锐地观察到，西瓜市场逐渐出现一个很大的特点，那就是小果型西瓜特别走俏。小果型西瓜小巧秀美、皮薄瓤脆、汁多爽口、清甜适度、品质特佳，深受消费者青睐。为此，他同市农科院、市蔬菜科研所等科研机构合作，引进设施农业，开始种植小果型西瓜，在张庄大获成功，西瓜上市后甚为抢手。

普通西瓜都躺在地上，而云瓜园的西瓜却飘在天上，张庄的农民感到好奇。吴国军对他们说，云瓜园的所有西瓜均采用吊蔓种植，飘在天上，一是为了让瓜宝宝们充分获得光照，提高西瓜品质；二是增加单位面积西瓜的产量；三是整齐划一，更美观，更容易采摘。

他还带着农民投入了大量精力来修复土壤，通过补充微生物菌肥和饼肥增强土壤有益菌活性。其率先采用植物免疫生产方式种植，一藤一瓜，坚持“零农残”的标准化生产，种出了糖度 13 度以上、皮薄 4 毫米、肉质细嫩的好瓜，且全部通过欧盟 194 项农残检查。这里的瓜绝少有农药和激素的干涉，通过严格控制，保证每个瓜都有足够的光照和养分积累，从播种到收获，中间要历经移栽、整枝打杈、吊蔓、授粉、吊瓜等十几道工序，实现全程科学管控，确保每一个成品西瓜都具备形体美观、甜度高、纤维细、水分足、口感清脆的特点。

吴国军引入的新型种植、管理和销售模式，本身就是一种农业科技革命，这种技术革命可能会有比较好的前景。虽然村里引进了种瓜的“牛人”，虽然提供了极优惠的条件，土地不问你要钱，生产资料不要农民掏钱，技术和管理上全程辅导、跟踪，种出的瓜按市场价回收，跟白送你钱一样，可还是没有一个人响应。原因是农民非常实际，毕竟，尝试新事物总是有风险的，他们担心，高端蜜瓜种植技术含量高，如果种不好，反倒没有在瓜园里务工挣得多。

村干部和吴国军理解农民的这种担心，农民在技术不成熟、没有把握的情况下，是不愿冒这种风险的。这需要一个学习、实践的过程，当农民掌握了新技术，积极性就会提高。改变一个人的理念尚且不易，更何况改变一个地区的产业？吴国军回忆：“刚来那会儿，当地农民对我们并不信任，免费送瓜苗让农户种植都没人愿意参与。我们只能一户一户走访，免费给有瓜棚的农民做技术服务，邀请瓜农到云瓜园自营基地参观，每到瓜季免费帮卖瓜，尽可能提高售卖价格，让瓜农真正从种瓜中得到实惠。”

正当村民犹豫观望之时，有一个人站了出来，他是现在的村委会会计游国际。2017 年，他还不是村干部，是村里的后备干部、入党积极分子和公益活动志愿者。他想，既然是积极分子，就要拿出积极分子的样儿来，给大伙儿带个头。他决定尝试一下，这样对他自己实际上也是一种锻炼、学习和培训，况且，又有这么优惠的条件，只要用心，肯定能赚钱。

经过和吴国军讨教，他拿定主意，于是吃晚饭时便同老婆商量："我寻思承包几个大棚种蜜瓜，你觉得咋样？"

"我们又没有种瓜的技术，你逞什么能！"老婆白了他一眼，有些不以为然。

"就是没有技术才要种，况且那几年咱还种过番茄呢。"

"种番茄和种瓜能一样吗？那不是成心找赔吗？"

"赔不了，技术由瓜王老吴他们全程指导，即使赔了，也就搭一季功夫。"

"功夫？功夫也是钱。"

"我还是入党积极分子呢，咱不带个头，还叫啥积极分子？"

老婆见他执意要种，知道拦也没用。

就这样，游国际承包了 4 个大棚，一家人干了起来。

有瓜王吴国军做后盾，游国际就不怕种不好，吴国军免费送瓜苗、免费提供技术服务、免费提供有机肥料等生产资料，保证他不赔钱。平整土地、育苗、定植、选花、授粉、标记，功夫不负有心人，瓜苗长势喜人，很快就结了果。每一株瓜苗都用心呵护，每一个果实的生长都倾注着一家人的心血，自制有机肥、滴灌、结实、分级采摘等多种新型农业技术的运用，让游国际成了一名新农人。

然而天有不测风云，当年夏秋之交一连下了37天的雨，让瓜农格外烦心。

游国际告诉我，那年他的瓜种得是最好的，云瓜园对外宣传都是拿他的瓜作为标本，本来预期是产量和效益双丰收，但那场连绵阴雨对瓜农的影响令人始料未及。蜜瓜属于浆果类，对水分最为敏感，频繁的降雨，光照不足，各种各样的病虫害治也治不住，蜜瓜品质和卖相都会下降：而气温下降，吃瓜的人少了，蜜瓜自然就不值钱，这都会导致蜜瓜滞销。游国际与云瓜园签了包销合同，他的瓜都被吴国军回收了。卖完瓜一算账，每棚收入4000多元，与他预期的7000元的目标还是差了一大截。

相比种瓜的农户，村里和吴国军承担的压力更大。为安抚瓜农，吴国军按约定价收购了瓜农的全部产品，包括那些品相不好的瓜，县委、政府领导也主动帮忙找销路。为了尽可能地挽回瓜农的损失，卖瓜的钱吴国军也没拿，都返还给瓜农了。整个算下来，前期吴国军每棚投入5000元的生产资料，加上人工等各项费用，2017年云瓜园净赔了100多万元。张庄村看到云瓜园实实在在替瓜农着想，就免除了云瓜园2017年的承包费。

虽然是因为极端天气的因素，但村委和云瓜园的做法赢得了农民的信任，有几户农民原本还想来找吴国军和村里要个说法，见此情景，也不好再说什么了。

到了2018年，老天帮忙，人也给力，蜜瓜收成好，卖得好，云瓜园在河南的高端蜜瓜市场占据了一半以上的市场份额。见到效益的乡亲们，包棚种瓜的顾虑打消了。云瓜园带动了村里15家农户种植蜜瓜，其中村民文林超一口气承包了35个大棚。

第一次见到村民孙桂枝是在2018年12月27日，那天下着小雪，为响应政府产业扶贫的号召，张庄村和云瓜园召集村里有劳动能力的贫困户，向他们宣传包棚种瓜的优惠政策。大家七嘴八舌地议论着，多数村民都在观望。人群中一个上了年纪的妇女，时而侧耳倾听别人的议论，时而摇头叹息。

人群逐渐散去，孙桂枝又回来了。她小心翼翼地问云瓜园的合伙人杨超飞："老板，不会干一年啥都没有吧？"

"大娘，您放心来种，真不行我先按照普通工人的标准给您开工资，到时候如果核算产量您挣得多，咱们就按照产量算，这个我先给您保证。"现场的一个年轻人回答。

这话一说，她高兴得眉开眼笑："好，不管别人了，我先包一个棚。"

我问村干部这人是谁，还挺积极的。

村干部说，她叫孙桂枝，也是个苦命的人。大儿媳在苏州打工，年前因为感冒引起并发症去世了，撇下一个上小学的女儿和一对双胞胎儿子。丈夫在建筑工地上没日没夜地干活，如今年纪大了也干不动了，两个老人要看着三个孩子，还要侍弄家里的二亩半地，确实挺不容易。

第二天一早，孙桂枝就拿着一把铁锹来到云瓜园，外面天寒地冻，小雪还在零零星星地飘着，但是她一个人认真地按照技术员的要求整修着大棚，棚外封土、棚内除草，每一项工作都极其用心。瓜苗种下后，每天都是最早来、最晚回去，平时也不闲着，遇到园区其他大棚需要帮忙就赶紧过去搭把手，见到技术员总是热情地拉着他们，让他们到她棚里看看瓜苗长势，问清楚下一步该做什么工作。

在采访现场，我和云瓜园的一名技术人员去转棚的时候，看着孙桂枝的棚里整整齐齐的瓜苗问，大娘，别人都不敢种，您第一个种，就不害怕吗？

“怕啥，咱家已经这样了，干了还会多一点收入，不干一点收入也没有。”说着便开心地笑了，还不住地问那位技术员：“俺这瓜苗没问题吧？你看都没死过一棵苗，你们技术真不赖。”

那位技术员趁帮她盖拱膜的工夫，向她打听张庄当年治沙的情况，她回忆道，焦书记来张庄那会儿，她还小，不太记得那些事情，但是后来在生产队翻淤压沙、种树防风、疏通河道这些活儿都干过，话语间她不住地夸张庄现在大变样了。

可不是吗，50 年前风沙弥漫，贫穷、落后的张庄，已经“换上了新衣裳”，变化的不仅仅是这片土地，还有这片土地上的人。如今，脱了贫的张庄人攒着一股劲，正在奔小康的路上。

为留住瓜农的心，云瓜园还从外地引进农户来张庄种瓜，助推了张庄蜜瓜产业快速向前发展。

53 岁的赵进现是云瓜园合伙人杨超飞的亲戚，两个儿子都已在汝州县城买了房，生活虽不富裕但也说得过去。2018 年秋天当他听杨超飞说了张庄，说了云瓜园，就动起了来张庄包棚种瓜的念想。说干就干，老赵从几百里外的汝州来到张庄，在云瓜园包了 5 个瓜棚。老赵以前从来没种过瓜，经过培训，在技术人员的悉心指导下，整地、整枝、蜜瓜棚授粉、打杈、吊瓜等，每道工序从不含糊。秋季种植时间短，80 天时间，每个大棚超过 5000 斤的产量，综合折算比云瓜园自有基地的产量还要高，扣除成本，5 个大棚净赚 20000 多元，不得不让大家对他刮目相看，老赵自己也高兴得合不拢嘴。

2019 年，老赵种瓜的劲头更足了，他和杨超飞的姑父一起，两个老人包了 20 个大棚，他们舍得出气力，整地、施肥、起垄基本上都是自己干完的，春节前两个人每天都在瓜棚里，挂面加青菜对付着过日子。

瓜苗定植之前，技术人员去基地看了老赵他们起的瓜垄，定植三天后的玉菇瓜苗已经开始扎根。3 月 29 日，他们开始给蜜瓜棚授粉，看着整齐如一的苗子，技术人员羡慕极了，不用说，他们的瓜今年肯定又是最好的。

技术人员问，老赵，为啥你种植经验不如我们丰富，但是种的瓜比我们自己种的还好?

老赵呵呵一笑：没啥，俺的活都是自己干的，心里有数。还有，云瓜园的服务好，俺干着省心。

面对朴实的瓜农，吴国军说：“我种瓜 20 多年，知道种瓜的辛苦。夏天在高温的瓜棚里干活儿，衣服湿透贴到身上。所以云瓜园尽量让务工的农户多挣点，回收农户的瓜尽量把价钱定得高些，千万别亏待了瓜农。”

张庄村的“蜜瓜经济”，不但给本地村民带来了增收致富门路，也吸引着四面八方的各类人才汇聚张庄，他们带来新知识、新技能、新观念，老农人和新农人的结合，一天天涤荡着这片土地，潜移默化中使这个村庄发生着深刻的改变。

2016 年 9 月的一天，一个年轻人站在南京中山陵的最高处，看着眼前的郁郁葱葱，只犹豫了几分钟，就决定结束在南京农业大学读博的生活，买了返程票，回张庄去找“瓜王”吴国军。

他叫杨超飞，河南农大研究生毕业，不久前被南京农大录取读博士。在南京农大读了没几天，他决定走另外一条路——种瓜。

这个决定源于他和吴国军的一次偶然邂逅。

第一次见到吴国军是在开封，到现在他仍然清晰地记得在老吴的瓜园吃到的第一口瓜的味道，清爽甘甜，皮薄无渣，仿佛一口瓜里装满了整个夏天。

老吴是开封市连续三年的“瓜王”。当时他问老吴，为什么他的瓜这么好吃？老吴答：“河南人种瓜种了几百年，除了种瓜人和品种换了一茬又一茬，其他却基本没变过。不是我的瓜好吃，而是别人的不好吃。”

“我想做一点改变，”已经拿到多家大型连锁渠道商订单的吴国军目光坚毅，“我需要更新更好的技术，还有人才，咱们一起做吧！”自古黄河孕育的儿女，血液如同黄河水般奔腾豪迈。

于是，就有了之前杨超飞放弃读博的那一幕，就有了“云瓜园”。

杨超飞成为老吴的合伙人，他们把第一个基地选在了张庄村——这个焦裕禄治沙率先取得成功的地方。

第一次见到杨超飞，给我的第一印象是精明干练，思维敏捷，走路、说话风风火火。他告诉我，从大一时，他就开始尝试创业，一直到读研究生，一直在利用业余时间做农业，主要做地方土特产，研究生毕业时已经在郑州开了5家经营连锁店，一发不可收拾。2016年，通过申请考核，被南京农大顺利录取读博士。

杨超飞认识吴国军是2015年在微信朋友圈，老吴邀请杨超飞到云瓜园吃西瓜。

杨超飞问：“你这什么瓜呀，这么稀奇。”

老吴拿刀切开一个西瓜说：“你先尝尝再说。”

杨超飞一尝：“嗯，确实好吃，很少吃过味道这么好的瓜。”

就这样，一个种瓜的初中生和一个学农业的研究生聊开了，从创业故事，聊到西瓜产业，聊到张庄，两人十分投机。甚至读博之后，杨超飞依然放不下做产业的情结。

也许天生就是块创业的料，在和南京农大的导师坦诚交流后，导师说：“也许你更适合做产业，在我的学生中不缺在高校做学问的老师，倒是缺少实实在在把一个产业做起来的企业家。”

就这样，杨超飞放弃了读博，回到了张庄，回到他更喜爱的行业种起了蜜瓜。

2017年，他利用自己前面挣的第一桶金，和吴国军在兰考创立了云瓜园，并在兰考县政协主席的推荐下，两个人来到了张庄，当年就拿下张庄村的135个大棚，带动了70个农户种瓜，并且把张庄作为基地向外辐射。2018年他们登上央视“致富经”栏目，吸引了西安、周口、汝州、登封等各地种瓜的农户来张庄承包大棚。云瓜园在张庄做得风生水起。

我问老吴，今后有什么打算。

老吴答，立足张庄，立足兰考，这个不会变，“自古汴梁西瓜甲天下”，兰考的瓜有天然的优势。还有，兰考的外部环境好，政府提供了很多帮助，去年，政府给了我600万的贷款。

我又问，在云瓜园，农民的参与度如何？

老吴回答，这也是我们正在力推的一个事，因为没有农民，我们什么也不是。云瓜园的目的就是让更多的农户参与进来，通过我们的技术和经营理念，引领更多农民找到致富门路，今年预计解决300户到500户人不会种瓜、不会种好瓜的问题，未来我想解决1000户到5000户，要做中国的“瓜王”、世界的“瓜王”。

电商女回乡记

在张庄村幸福路口雷慧杰开的天猫优品服务站里，她正在电脑前苦口婆心地辅导本村一位妇女怎样开店、修图、上货。

我认识边上的那位妇女，她是文氏醋坊文海青的儿媳，叫岳海丽。我在文氏醋坊采访时，她正在打理门店。

时隔三四个月，雷慧杰大概已经记不起来我了，我只得做了自我介绍。

她恍然大悟，然后满脸歉意地笑着拉了把凳子，让我坐下来。

货架上摆满了大大小小的农产品箱子、盒子，地上堆放着一摞一摞待发出的快递包裹。

和初次见到的那个有几分胆怯和腼腆的女孩相比，雷慧杰变得更加热情大方，也显得自信多了，这些都在她的言谈举止间表露无遗。

去年夏天，毕业于洛阳林业职业学院电子商务专业的雷慧杰，在广东实习一年后，听说村里发生的变化，毅然辞去广州的工作回到张庄，利用本地的特产开了个网店。

万事开头难，起初因为资金、场地、产品线等都没有着落，一开始她看起来并不那么自信，或者说还有点迷茫，有点发愁。

“现在我有自己的电商团队了，有了自己的办公室，各方面更加方便。我在这边（张庄村）有三个店面了：天猫优品、慧杰电商、张庄礼物。”打开话匣子的雷慧杰，如数家珍。

“资金、产品线都解决了？”我问道。

“资金不缺了，村里、乡里都帮我解决了，包括咱们村里的王书记，乡里的宋书记，县里电商办孔主任，都帮了很多忙。产品方面，主要售卖本地的土特产，我给起了个名叫张庄新四宝，还有我们的张庄礼物，现在慢慢做成品牌了。”

“立足张庄本地特产，货源很丰富，像咱们张庄产的红薯、蜜瓜、花生、小枣，我就设计成了张庄新四宝，网上卖得很好，再加上咱村自产的鸡蛋、香油、红薯醋、杂粮、小杂果等，有了比较丰富的产品线，我这边所有的产品都会及时更新换代，不断地去开发新产品，引导消费。你看，根据不同季节、不同消费群体，我设计成不同款式的套餐，像合家欢乐版、吉祥如意版、年年有余版、吃货世界版。咱们的小磨香油、土鸡蛋就非常适合居家过日子的消费者。吃货世界零食大礼包系列，像张庄薯条、张庄蜜瓜干、文大娘铁锅炒花生等，非常受年轻人欢迎，我这个月出货300多件了。昨天有个客户问我要20件张庄薯条，我说真没有了，今年红薯产量低，我的薯条和红薯全部脱销了。”

这个刚出校门的姑娘讲起电商来滔滔不绝，脸上溢满了兴奋。

“做了这段时间，有什么感受？”我问。

“感受呀，我感觉啥事只要认真去做，就有机会赢。我现在慢慢找到信心了。”

雷慧杰边说边从琳琅满目的货架上取下一袋产品，指给我看。

“你看，这包装都是我自己做的。这个图是3D动漫模式，生产日期都有，一般都是一百套起做，算上邮费啥的网上卖50，实体店卖40。昨天我去了工商局、食药局，重新申办一个营业执照，商标已经注册好了。”

我问，你最初是怎么想到要做这个的？又怎么想着要回来？

雷慧杰答，喜欢这一行呗，做电商就是我的一个梦。回来做，是因为我们这边土地好，种的产品原生态、无污染，我们不靠刁不靠奸，就靠土里生土里长的东西，城里人稀罕，咱就挣城里人的钱。现在我们张庄出名了，货自然就好卖，比如说，客户一看咱的产品来自张庄，就相信咱。现在政策也好，村里鼓励我把电商做起来，带动农户。

1996年出生的雷慧杰，是张庄村军礼寨人，一家五口，靠父母种几亩薄地维生，未脱贫前是一般贫困户，姐妹三个，雷慧杰是姐妹中的老大。

雷慧杰回忆起小时候的生活经历，一切仍历历在目：“自打记事起，家境就不怎么好，姊妹多，都要上学，父母负担比较重。记得那时候饿得发慌，总是想吃玉米面馒头。还特别害怕下雨，我家三四间破瓦房，一下雨，屋里漏得不行。现在好了，2017年我家脱贫了，政府进行危房改造，我家也盖了新房。”

穷人的孩子早当家，童年的生活环境也潜移默化地塑造了雷慧杰外表柔弱、内里要强的性格。穷怕了，就想早点出人头地，早点挣钱，给父母减轻负担。考大学报志愿时，她报了河南林业职业学院的电子商务专业。她觉得这个专业实用性强，自己也喜欢在网上捣鼓点啥，变成钱。

雷慧杰告诉我，在大学里面，她边学习边实践，学多少做多少。从大一开始，辅导员就带着她开了一个淘宝店，自己有了一个工作室，帮新疆人卖大枣、核桃、葡萄干这类特产，帮洛阳的一些批发市场卖些小食品、衣服鞋帽之类的，进货、上货、销售，都是自己独自完成。大三的时候到国美在线电商平台实习，经验慢慢丰富起来。自己又考取了电子商务师证、跨境电商证，快毕业那年去了广州一家企业实习，做跨境外贸这一块，虽说辛苦点，工资还可以，每月下来能挣一万来块钱，对一个农村女孩来说，雷慧杰还是满足的，但这期间自己也受了不少委屈。有一次做拼多多的时候，因为南方雨多，那些天一直下雨，物流仓库积压了，无法给客户及时发货，店铺收到客户投诉，老板就训斥了她，还扣了钱，她就觉得特别委屈。当时就想，出门在外，尽管憋屈，也得先忍着，等放了暑假再说啊，那时候实际是准备离职，回家乡自己干。本身自己是电商专业，也有些经验，就想把家乡的特产售卖出去。

趁公司休假，雷慧杰回了趟老家，发现村里的大蒜才三四毛钱一斤，而南方卖到一两块钱一斤，她把蒜农的大蒜发到南方的一个饭店，那个饭店老板又帮她介绍了几个客户。接下来她把大蒜上到自己的淘宝架上，网店交给妈妈打理，自己回南方上班去了。慧杰的妈妈不太会维护店铺，导致好多货物发不出去，遭到客户投诉，而慧杰那边的公司也比较忙，抽不出来多余时间帮忙。老家张庄的扶贫政策和形势一天天好起来，为做好自己的网店，她决定辞职回家，专职做本地特产。

雷慧杰的这个决定，遭到家人的极力反对。妈妈说，在南方工资也不错，你还想折腾个啥，回到张庄这个穷窝窝，能有啥出息？

打定主意的雷慧杰知道暂时没办法说服家人，她想只要先把事情做起来，父母自然会支持。她向公司交了辞职报告，老板以这样那样的理由，克扣了雷慧杰一个月工资，但这没能阻挡雷慧杰回乡创业的脚步。她背起包袱，坐上了回家的列车。

万事开头难。本以为回到家乡后，可以利用自己所学施展一番拳脚，但理想很丰满，现实很骨感，雷慧杰感到举步维艰。

打理网店自己倒是轻车熟路，问题是产品线不全，卖了大蒜，还卖什么？张庄这片土地是弱碱性土壤，种红薯，种蜜瓜，种花生，特别好吃，这是自己的父母，也是张庄的父辈们用汗水换来的经验，这个她深信不疑。然而，这些最初级的产品，是卖不出好价钱的，它需要再加工，把红薯加工成薯片、薯条，花生加工成不同的口味，蜜瓜加工成蜜瓜干等挂到网上，才值钱。这一点，做电商的雷慧杰也深信不疑。

雷慧杰盘算着，产品从采收、加工、包装、运输到物流逐项梳理成本，她算了笔账，少说也得十万八万块钱来铺底。可上哪弄这笔钱呢？自己的家庭状况她很清楚，两个妹妹还在上学，家里也没有任何积蓄，面朝黄土背朝天的父母哪有能力支持她来做这些。

雷慧杰想到向银行求助。她试着跑了几家银行，收到的只是失望——银行让她找担保人。一个刚毕业的女孩子，上哪找担保人呢？正一筹莫展时，东坝头乡乡长蔡尚锋、张庄村村支书申学风出面，以单位的名义为雷慧杰提供了担保，当地农业银行给雷慧杰办了手续，雷慧杰顺利拿到了10万元的贴息贷款，最大的难题——资金问题解决了，心头一下轻松了不少。

拿到贷款的那天，她对银行工作人员那是千恩万谢，每提起这事，她就一遍遍念叨政府的好，念叨扶贫政策好。

兰考县商务局电商中心孔令卫主任带着她参加了杭州第5届A20新农展，雷慧杰的眼界更开阔了，销售渠道和货源渠道进一步拓宽。

返乡做电商，还让雷慧杰得到了人生中最大的收获——爱情。杭州那次新农展，她有幸结识了同去参加活动的孟庄村青年黄欢欢，他们都是做电商的，两个年轻人聊得十分投机，此后就有了业务往来。县商务局的孔令卫主任看在眼里，觉得两个年轻人都很上进，自然愿意成人之美，从中撮合，最终成就了一桩美满姻缘。

“我和黄欢欢已经订婚了，我们决定过了这个春节就结婚。”雷慧杰的脸上溢满幸福的笑容。

2018年9月，雷慧杰注册了自己的互联网公司，建起了农产品深加工坊。副乡长把她的业务介绍给兰考县农村淘宝天猫超市，雷慧杰的店得到了阿里巴巴团队的支持。

加工坊开业那天，张庄村第一书记王晓楠、驻村工作队队长庄艳斐、村支部书记申学风，还有东坝头乡副乡长王波涛、兰考县商务局电商中心主任孔令卫，纷纷前来为她捧场。从县里，到乡里，再到村里，领导们都这么重视，是她没有想到的。雷慧杰一方面觉得有面子，同时也有压力，她说：“一旦做不好，那我可就丢人了。”

张庄的乡村游一天天红火起来，每天前来观光旅游的外地游客络绎不绝，雷慧杰自然也是受惠者，她的产品线上线下都卖得好。她决定扩大店面。村支部书记申学风帮她协调了村里繁华地段的两处房子，在临街的幸福路上开了“张庄礼物”礼品店，在桐花书馆旁边的观光区开了“慧杰电商”，整合了村里多个产品。仅红薯深加工一项，就有红薯条、炸薯条、红薯奶球糖、红薯脆皮、红薯牛轧糖、倒蒸薯等，此外还开发了蜜瓜果脯、蜜瓜酱、蜜瓜干、铁锅炒花生、黄河滩五谷杂粮、五谷杂粮粉、五谷杂粮面、土鸡蛋、红薯醋、小磨香油等，这些产品经过雷慧杰的手，均做出了一定的品牌知名度。

2018 年 2 月，她牵头成立了慧杰农产品合作社，与农户、农产品企业、电商站点、物流企业形成了利益捆绑的合作关系，带动本村多个农产品上行，平均每天出货量有 300 多单。

雷慧杰回乡创业，给张庄带来的不仅是电商，更是新的观念和新的脱贫致富方式的变化。雷慧杰感到，自己一个人做得好不算好，让乡亲们跟着沾光，分享电商红利，才叫好。

她以自己的天猫优品服务站为支撑，建立了农产品上行服务微信群，并在美工、客服、运营方面免费培训本村农民，帮他们上货、修图、推广；开展打包服务，集中展示宣传农户的农产品，站点负责把好农产品品质关；通过接单代发、微信群集单发货、村内代卖流通等多种形式，将张庄的蜜瓜、莲藕、红薯、鸡蛋等多个农产品进行上行。

有了雷慧杰的带动和示范，张庄农民相信了电商的力量。闫春光的小磨香油经历的一番起起伏伏，让电商扶贫助农的故事又多了一份精彩。雷慧杰一步步辅导闫春光怎样开网店、上货、修图、推广，春节前后，一个月下来，“春光香油”变身网红品牌，个把月卖了 20 多万元的产品。闫春光说，电商可真厉害。

祖祖辈辈做醋、卖醋的文海清，一辈子没用过互联网，也没用过无现金支付，听了雷慧杰的电商辅导，文老汉坐不住了。雷慧杰帮他在多家平台开通了“文氏红薯醋”网店，开通了淘宝直播，上线 2 个月，成交额比以往翻了好几番。

电商，也让陷入困境的贫困户有了一份稳定的收入。村民雷汉雨患骨癌被截肢，是建档立卡贫困户，家里四口人，两个孩子还在上学。雷慧杰得知这一情况，主动找到雷汉雨，让他到慧杰电商打理门店，活不重，离家又近，雷慧杰每月给他开 2000 多元的工资，虽然不能完全解除雷汉雨的贫困，但依然让他感到温暖和踏实，他逢人便夸，慧杰这孩子心肠好，让我这样的人找到了活着的价值。

如今，雷慧杰已经不是单兵作战了，她的背后是全村的父老乡亲，是渐渐壮大的团队。2018 年底，她的公司吸收了 7 个股东入驻，有做运营和技术服务的返乡大学生黄欢欢、杨雷，有提供产品和物流服务的返乡创业青年田永昌、赵勉等，公司的业务已不局限于张庄村。雷慧杰说，现在，他们几个股东合伙成立了新公司，公司大本营设在兰考，张庄是他们的一个优秀站点，她得在兰考和张庄之间两头跑，入驻的平台也越来越多，日均 300 个左右，交易额在 3000 元到 5000 元之间，他们团队里的几个人感觉都忙不过来。

我看到他们2019年第一季度的工作总结显示：第一季度，公司下乡走访150次，激活站点42个，办理益农卡600户，开展培训10期，打造村级农产品品牌3个。

5月份计划：宣传物料发放20000份，打造优秀示范站30个，益农卡开卡量2500户，资源整合商品数量15个品牌，组织活动15场，产品出村交易量3000万元，带动优秀活跃用户1000个。

成功的项目有：豫见张庄——张庄新四宝、黄河滩五谷杂粮；杜东村——杜东蜜瓜、杜东大米；小宋有礼——红薯粉皮、蔬菜礼包。

对于未来，他们公司有一个雄心勃勃的计划：实现全县无人机飞防，打造数据集成中心，让益农社变成百姓常逛的平台，打造县级标杆特色农产品上行。

他们为乡亲们打开了全新的销售模式，点燃了更多农民的希望。“互联网＋”的理念，在张庄，在兰考，“＋”出了实实在在的扶贫行动，也“＋”出一片前所未有的广阔天地。

“我就是从黄河边走出去的人，根就在这里。我要让更多的人知道，我们张庄的产品是货真价实的。”雷慧杰自豪地说。

在脱贫路上，张庄人有干劲，有想法，也有智慧，他们根据自身特点，走出了一条值得剖析的脱贫之路。从“外出要饭”到“向国家要饭”，再到“滴自己的汗，吃自己的饭”，张庄人矢志不移，向贫困宣战，用聪明才智摆脱了贫困。

2016年，张庄村在全县率先脱贫，提前摘掉了“穷帽子”，在册贫困户由2014年的207户754人，降到5户11人。如今，张庄村从“输血式”扶贫到“造血式”扶贫，当地因地制宜形成了特色种植、特色养殖、劳务产业、食用菌产业、民宿产业、传统手工艺六大产业。干部群众心里铆着一股劲，对实现“五年奔小康”信心满满。

多位党和国家领导人，多位专家、学者、外宾和媒体记者，踏上中国张庄的土地以后，不敢想象这个叫作村却处处透出富裕和现代化的一方区域，曾是一片风沙肆虐、寸草不生的大风口，不敢想象张庄曾经是一个国家级贫困村。

从摆脱贫困，再到今日奋力迈步小康，焦裕禄精神时刻激励着张庄的干部群众，勇进取，莫停歇。只要不忘初心，秉承“要记得为人民留下些什么”的嘱托，不独3000多张庄人可过上美好的生活可期，83万兰考人，13亿中国人对幸福生活的期待也能有着落。

张庄的笑脸

张庄村扶贫大事记

（2013 至 2019 年）

• 2013 年底张庄村被识别为国家级贫困村。

• 2014 年 3 月 17 日习近平总书记到张庄村调研并召开座谈会。

• 2014 年 6 月张庄村在黄河滩区开始流转土地发展莲藕和土豆种植。同时多方为贫困户协调贷款发展养殖业 。

• 2015 年 7 月中国证监会下派第一书记孙兴文到张庄开始帮扶工作。

• 2015 年 9 月张庄村两委班子调整，申学风接任村党支部书记，换掉了年龄偏大的干部 。

• 2015 年 10 月张庄村动员群众拆违开展美丽乡村建设，对整村的道路、下水道等基础设施进行修建。

• 2016 年 3 月栽种并建成了 105 亩的小杂果采摘园。

• 2016 年 5 月筹建占地 115 亩的焦裕禄精神体验基地，修缮四面红旗馆。

• 2016 年 6 月吸引在外成功人士返乡创业，在黄河滩区发展南美白对虾特色水产养殖。

• 2016 年 7 月建养殖小区。

• 2016 年 10 开始筹划产业转型发展乡村旅游业，并建成了集餐饮住宿于一体的梦里张庄农家小院。

•2016 年 11 月全村安装了路灯，建成了 77 座塑料大棚种植兰考蜜瓜。

•2016 年底引进了第一家上市公司奥吉特菌业有限公司。

•2017 年 3 月张庄村摘掉了贫困村的帽子。兰考县公共资源交易中心第一党支部组成稳定脱贫奔小康工作队入住张庄村开展帮扶工作。

•2017 年 4 月成立了梦里张庄艺术团。

•2017 年 5 月张庄村两委干部开始坚持每天早上一小时的义务劳动打扫村内卫生。坚持每周五晚上举办“幸福家园大讲堂”，并开展文明户的评选活动。

•2017 年 7 月建成第二批塑料大棚 94 座，引进坤禾农业落户张庄，开始张庄村老布鞋的研发。

•2017 年 10 月奥吉特菌业正式投产，解决 168 人的就业问题。

•2017 年 10 月河南省武警总队结对张庄进行帮扶，张庄村举办第一期孝老爱亲饺子宴。

•2017 年 11 月张庄村被评为第五届“全国文明村镇”。

•2017 年 11 月建成标准化厂房一座，引进鑫老包醋业。

•2017 年 12 月对张庄村下辖的冯庄村自然村拆迁进行升级改造。

•2018 年 2 月张庄村举办第一届春节联欢会，举办第一届农民运动会。中央电视台新春走基层文艺小分队赴张庄村慰问演出。

•2018 年 3 月张庄新村部建设开工，对张庄村小学进行升级改造。

• 2018 年 4 月张庄村两委换届选举，文抓智、李红建、游国际、陈合涛，四名年轻人进村支两委班子。

• 2018 年 6 月张庄村“幸福家园旅游开发有限公司”注册成立，并建成了焦裕禄精神体验基地、四面红旗馆、桐花书馆、张庄村民俗馆、张庄村戏院、张庄村游客接待中心等基础设施。村民自己打造民宿三十多家。

• 张庄村农村干部培训中心正式开班。引进冬青渔业落户张庄。引进孔雀养殖项目。

• 2018 年 10 月张庄村新村室建成并开始投入使用。建成占地 50 余亩温室大棚，发展草莓采摘产业。

• 2018 年 11 月被评为河南省重点乡村旅游村。

• 2019 年 3 月栽种 312 亩绿化苗木。建成了第二座标准化厂房，引进“佳和服装”。

• 2019 年 6 月荣获首批全国乡村旅游重点村。张庄村成立了股份经济合作社。永久性流转土地 25 亩筹建张庄村停车场。

• 2019 年 8 月流转土地 800 亩引进兰科农业科技有限公司发展绿化草坪种植。

• 2020 年 4 月荣获全国乡风文明典型案例村。

后 记

交给出版社责编之前，再一次看完修订稿，是在郑州金水路省委北院的办公室里。窗外已是黄昏，连接郑州市东西方向的金水大道依然车水马龙，与省委只隔一条经五路的就是共青团河南省委办公大楼，再隔花园路，几乎在一条直线上，是我的居所——一座叫 27 号院的省政府家属院。似乎第一次发现，我数十年的职业生涯，竟然是在这条最多千米长的直线上定格。

我从校园走上工作岗位，第一份工作是在《中国青年报》河南记者站，办公地点是团省委，后来到《光明日报》河南记者站，办公地点就在我这一刻站立的书桌位置。然而，从这个千米长的半径出发，我走过数不清的地方，写下无数篇文章，这一刻回顾，去过最多、写过最多的那个地方，叫作兰考。

我想，这就是我和《张庄之问》的缘分。

去年，当这套以扶贫为题材的丛书总编刘伟向我约稿时，我几乎没有犹豫，除了因为刘伟是曾经的《光明日报》副总编，我的上司，还是 20 世纪 80 年代就出版小说、散文、报告文学的知名作家以外，还因为这十本书选择的十个村子里，分配给我的是张庄村。张庄村属地在兰考。印象中，我的兰考之行大部分是奉命前往，我们的行话是去完成“规定动作”。但是无论是来自报社策划，还是重大活动，还是中宣部组织的集体采访要求同时发稿，采写时都会有新的发现，新的感动。印象中，焦裕禄纪念馆开馆典礼的报道，我是从焦裕禄精神的标志、兰考大地上木已成林的泡桐树开头的，泡桐由抗风沙的绿色屏障，成为漂洋过海的西洋乐器小提琴的故事，为这篇最普通的时政报道增加了亮色。中宣部提倡记者走基层的头一年，众多媒体聚集兰考，我从焦裕禄当年蹲点的村庄，找寻到他曾经住过的村民家中，不仅听到这个小院曾经的故事，有关部门还采纳了我的建议，将已经开始倒塌的老屋按原貌妥善整修保护，与周边脱贫农户的新房形成永久对比。还有，那年接到一项再写焦裕禄的人物通讯任务，写其几十年不改初衷的精神传承。但这是一个让无数记者、作家、艺术家反复深入生活、讴歌宣扬的地方，再让读者看到新的故事，几乎成为不可能。然而，当我在“焦桐”阔大的绿荫下，和曾经在老书记身边工作过的人员谈话后，还是听到了从来没有披露过的故事，印象最深的，是焦书记对一位养驴的农民说：“你不是饲养员，是思想家。”故事也非常生动有趣，不妨与读者分享——

“反对形式主义，不搞花架子，不搞一刀切，是焦书记用行动教会我们的。”退休干部、焦裕禄在任时的县委办副主任张明堂回忆起一个生动的故事来。为了让群众尽快摆脱贫穷，焦书记广泛征求意见，有人提出兰考的沙土地适合种花生，建议县委发文件规定各乡村种植面积。焦书记说，咱们还是先下去看看，再根据各村的情况，发挥老百姓积极性。第二天，焦书记就带我到了城关区韩村。在这个村，他看到很多农户家里囤着干草，一了解，原来这里有养驴的习惯，特别是有一户叫肖位芬的农民，驴子养得又肥又壮，焦书记当即决定召开现场会，召集农户听老肖讲自己的“养驴经”。没想到会议刚开始，一头小驴就在会场乱跑乱叫，怎么也撵不走。老肖说，别撵了，它是找我的。焦书记当即让大家让开一条道，小驴果然跑到老肖身边不动不叫了。老肖说，这头小驴我买来时又瘦又弱，我每天宁愿自己少吃点，也要省下一把粮食，熬汤给它喝，还把草料一把把揉碎喂它，什么时候喝水什么时候刷毛，记得清清楚楚，现今长大了，也离不开我了。焦书记听完，当即大声说：“人对牲口好，牲口才能长得好。老肖啊，你不是饲养员，你是个思想家，大家都要向你学习啊。”老焦让老肖和他的驴一起走上会议台，宣讲怎样养驴。结果，在老肖“喂驴经”的影响下，冬去春来，这个村饲养的驴子几乎都生了驴驹，群众到集市换了粮食，度过了春荒。

我还在这篇通讯里披露了广为人知的、当年焦裕禄制定的《兰考干部三不准》，是从身边秘书摘了老百姓一个野生西瓜引起的……

当这些报道在同类新闻里脱颖而出、广受读者好评时，我的思绪一次次掠过兰考大地，这是一方普通却又神奇的土地、贫瘠与肥沃同在的土地，是开采不尽的富矿之地。他不老的青春，诱人的魅力，深藏在每一棵泡桐的绿荫里，盛开在每一树桐花的清香里。

这种心动让我再次接受了一个与那个人物、那种精神、那面旗帜有关的任务，再次选择踏上那片诱人的土地。感谢无数次接待过我的兰考宣传部的朋友们的真诚周到的配合，更加感谢多年从事采编业务的田遂霖同志，他耐心进行的前期采访和资料搜集整理工作，提高了工作效率，得以让我在规定时间里完成这本书稿。感谢湖南教育出版社在北京请到各路报告文学大家，对初稿进行讨论与指导，他们的劳动汗水，闪亮在每一页文字里。

我们共同把《十村记：精准扶贫路——张庄之问》送给你，但愿问和答，都在这些文字里。

编著者简介

主编：刘伟

高级编辑，光明日报社原副总编辑，中南大学中国村落文化研究中心教授，太和智库高级研究员。曾任人民日报社西藏站、山西站负责人，新华社西藏分社、山西分社社长，新华社人事局局长。出版小说集《等待蓝湖》，长篇散记《苍茫西藏》，长篇纪实《十一世班禅坐床记》等多部作品。

副主编：纪红建

文学创作一级，中国报告文学学会理事、青年创作委员会副主任。著有长篇小说《家住武陵源》，长篇报告文学《乡村国是》《哑巴红军传奇》等二十余部。获第七届鲁迅文学奖、第十五届精神文明建设“五个一工程”奖特别奖、第二届“茅盾文学新人奖”等，系中宣部“宣传思想文化青年英才”。

作者：刘先琴

高级记者，二级教授，河南省作家协会副主席，中国作家协会会员，中国报告文学作家协会理事，国务院特殊津贴专家。曾任《中国青年报》河南记者站长，光明日社报河南记者站站长。

20 世纪 80 年代开始业余文艺创作，后入职新闻队伍，在新闻报道文学创作领域均有建树，被业界誉为“跨界专家”。从事新闻工作 30 多年以来，每年都有近百篇消息、通讯、特写见诸报端，先后获得国家级省级新闻奖项 60 多篇，多篇报道被中央和省级领导批示，其新闻散文化写作的成功实践与理论总结，受读者欢迎被业界认可，在有关新闻业务研讨和大学新闻学院广泛传播。业余从事文学创作，有诗歌、散文、报告文学等作品发表于《人民日报》《散文》《诗刊》等各种报纸副刊和文学期刊，作品收入《河南省新文学大系》。出版散文集《望海》，报告文学集《今生有缘》、《玉米人》。其中部分篇目被翻译成日文、英文介绍到国外，并收入《河南省中学生阅读文选》，编进省重点中学中招试卷。长篇报告文学《玉米人》获第十三届精神文明建设“五个一工程”奖，《今生有缘》获首届杜甫文学奖，2013 年获“全国五一巾帼标兵”称号。

图书在版编目（CIP）数据

张庄之问/刘先琴著. —长沙：湖南教育出版社，2020.6
（十村记：精准扶贫路 / 刘伟主编）
ISBN 978－7－5539－7569－6

Ⅰ. ①张… Ⅱ. ①刘… Ⅲ. ①报告文学—中国—当代
Ⅳ. ①I25

中国版本图书馆 CIP 数据核字（2020）第 094821 号

十村记：精准扶贫路——张庄之问
SHI CUN JI：JINGZHUN FUPIN LU——ZHANGZHUANG ZHI WEN
刘先琴 著

总策划 黄步高 刘新民 黄永华 徐 为
策　　划 杨 宁
出版统筹 杨 宁 徐夏楠
责任编辑 贺文熙 杨 宁
特约编辑 田遂霖
装帧设计 肖睿子
责任校对 朱艳红 任 娟
出版发行 湖南教育出版社（长沙市韶山北路 443 号）
网　　址 www.hneph.com
微信号 湖南教育出版社
电子邮箱 hnjycbs@sina.com
客服电话 0731－85486727
经　　销 湖南省新华书店
印　　刷 湖南省众鑫印务有限公司
开　　本 710 mm×1000 mm 16 开
印　　张 15.75
字　　数 185 000
版　　次 2020 年 6 月第 1 版
印　　次 2020 年 6 月第 1 次印刷
书　　号 ISBN 978－7－5539－7569－6
定　　价 65.00 元